Status:
em muitos
relacionamentos complicados

Matteson Perry

Status:
em muitos relacionamentos complicados

Tradução de
Cassius Medauar

FÁBRICA231

Título original
AVAILABLE
A Memoir of Heartbreak, Hookups, Love, and Brunch

Copyright © 2016 by Matteson Perry

Partes do prólogo foram publicadas originalmente em "Uh, Honey, That's Not Your Line", by Matteson Perry no *New York Times* em 26 de julho de 2013.

Certos nomes (incluindo os de todas as mulheres que namorei, mas não casei) e características de identificação foram alterados, e alguns acontecimentos reordenados e abreviados.

Todos os direitos reservados, incluindo o de reprodução no todo em parte sob qualquer forma. Qualquer informação entrar em contato com a editora.

FÁBRICA231
O selo de entretenimento da Editora Rocco Ltda.

Direitos para a língua portuguesa reservados
com exclusividade para o Brasil à
EDITORA ROCCO LTDA.
Av. Presidente Wilson, 231 – 8º andar
20030-021 – Rio de Janeiro, RJ
Tel.: (21) 3525-2000 – Fax: (21) 3525-2001
rocco@rocco.com.br
www.rocco.com.br

Printed in Brazil/Impresso no Brasil

Preparação de originais
GUILHERME KROLL

CIP-Brasil. Catalogação na fonte.
Sindicato Nacional dos Editores de Livros, RJ.

P547s
Perry, Matteson
Status: em muitos relacionamentos complicados / Matteson Perry; tradução de Cassius Medauar. – 1ª ed. – Rio de Janeiro: Fábrica231, 2017.

Tradução de: Available: a memoir of heartbreak, hookups, love, and brunch
ISBN 978-85-9517-000-1
ISBN 978-85-9517-001-8 (recurso eletrônico)

1. Perry, Matteson. 2. Autores – Estados Unidos – Biografia. 3. Encontro (Costumes sociais). I. Medauar, Cassius. II. Título.

16-37475
CDD–306.73
CDU–392.4

O texto deste livro obedece às normas do
Acordo Ortográfico da Língua Portuguesa.

Para minha esposa,
que deu um jeito de apoiar um livro
sobre todas as mulheres com quem
eu transei antes de conhecê-la.

Prólogo

Eu namorei uma garota-fada-maníaca-dos-sonhos*

ATO I

Nós nos deitamos um ao lado do outro, suados e ofegantes. Meu ar-condicionado estava dando seu máximo para afugentar o calor, mas a umidade de Nova York pairava no ambiente. Pela janela, o luar iluminava a tatuagem de uma fênix que cobria a parte esquerda do dorso dela. Segui os traços com meu dedo, começando na parte de baixo de sua axila, passando pelas lombadas em suas costelas até o osso do quadril. Eu tinha visto tatuagens como esta apenas em filmes, jamais em uma pessoa de verdade, nunca tão perto, nunca na minha própria cama.

Eu tinha encontrado minha própria garota-fada-maníaca--dos-sonhos.

A garota-fada-maníaca-dos-sonhos tinha se tornado a namoradinha ideal da geração Y. Nathan Rabin cunhou o termo enquanto escrevia para o site de entretenimento *The A. V. Club* para descrever o interesse amoroso no filme de Cameron Crowe *Tudo acontece em Elizabethtown*, mas o tipo de personagem existe há muito mais

---

* "Manic Pixie Dream Girl", no original. A expressão designa o tipo de personagem que será descrito no prólogo. "Garota-fada-maníaca-dos-sonhos" é a tradução utilizada mais largamente na internet. (N. do T.)

tempo. Pense em Natalie Portman em *Hora de voltar* ou Audrey Hepburn em *Bonequinha de luxo*. Volte mais um pouco e encontrará Esmeralda, do livro de Victor Hugo *O corcunda de Notre-Dame*. Reconheço que ela teve resultados controversos em tirar Quasímodo do marasmo da vida, mas ainda assim ela se qualifica.

A garota-fada-maníaca-dos-sonhos, mais uma coleção de peculiaridades do que uma pessoa, é o interesse amoroso perfeito para o protagonista masculino sensível. Essas garotas estranhas (porém, sempre lindas) gostam de rapazes tímidos, tristes e criativos e os ensinam a curtir a vida por meio do sexo, do amor e de várias atividades feitas na chuva.

Embora muitas vezes alegre, a garota-fada-maníaca-dos-sonhos costuma ser problemática. Ela caminha pelo limite entre excêntrica e louca, misteriosa e estranha, sexy e vulgar; ela é perfeitamente imperfeita. E imperfeição é essencial. Uma garota-fada-maníaca-dos-sonhos deve ser problemática o bastante para precisar ser salva, de modo que o cara impotente tenha algo heroico para fazer no terceiro ato.

Encontrei minha garota-fada-maníaca-dos-sonhos, Kelly, em um curso de comédia de improviso. Na primeira aula, ela usava um vestido vermelho brilhante e botas de caubói. Ela tinha uma aparência que um cara poderia descrever como "exótica", muito embora ela fosse lhe dar um soco no braço se ele usasse esse termo. Ela tinha um namorado, então não podíamos sair, mas começamos a conversar pela internet e a descobrir mais sobre a vida um do outro enquanto trocávamos links de vídeos do YouTube com quadros cômicos do *Saturday Night Live*.

Em uma tarde quente de verão, nós nos encontramos em um bar com a intenção de escrever textos de comédia, mas os planos mudaram, já que mudar é de praxe quando uma garota-fada-maníaca-dos-sonhos está envolvida. Nunca chegamos a abrir nossos notebooks; em vez disso, fomos a um tour improvisado por bares.

A cada parada, ficávamos um pouco mais bêbados, e logo nossos joelhos estavam se tocando por sob as mesas e nossos ombros se roçavam enquanto andávamos. A noite terminou com uma tentativa bêbada de beijo feita por mim, da qual ela se esquivou.

— Não posso trair meu namorado — ela disse. — Mesmo que as coisas não estejam indo tão bem e ele não me entenda. *Não estejam indo tão bem*. Havia esperança. Eu a entendia. Eu a entendia *demais*.

Demos um abraço de despedida e nossas peles, grudentas depois de um dia de suor, se aderiram de leve conforme nos separávamos, um atestado físico do que eu torcia para ser um sentimento mútuo. Acabou que eu estava certo. Um mês depois, ela terminou com o namorado, e, pouco depois, ela e a sua tatuagem acabaram na minha cama.

ATO II

Não sou um tipo de nerd sem habilidades sociais, mas também não sou descolado do jeito clássico. Por exemplo, secretamente gosto de fazer o imposto de renda. Já Kelly era descolada de verdade. Ela era capaz de conseguir em um segundo uma bebida em um bar desesperadamente lotado e de ser convidada para festas exclusivas. Ser descolada parecia algo fácil para ela, e ficar ao seu lado me fez parecer legal por proximidade. Ela era minha entrada VIP humana.

Com minha garota-fada-maníaca-dos-sonhos, era tudo ou nada sempre, então as coisas aconteceram rápido. Passamos aquele verão agindo como nossa própria montagem cinematográfica do tipo "Eles estão se apaixonando". Deitamos no Central Park e observamos o céu; comemos *moules-frites*, típico prato belga que junta mexilhões e batatas fritas, em um restaurante à meia-luz no Brooklyn;

experimentamos o suor do rosto um do outro depois de dançar uma noite inteira; escutamos a chuva deitados na cama (infelizmente não há nenhum celeiro cheio de palha em Nova York, senão poderíamos ter vivido a experiência Nicholas Sparks completa).

Não era, contudo, um amor cego do tipo "tudo é perfeito". Algumas coisas a respeito de Kelly me incomodavam. Eu preferia a Kelly que eu tinha quando estávamos sozinhos à que chegava a uma festa e saltava de pessoa em pessoa como uma política empolada que tentava muito impressionar. Ela tinha uma propensão a se atrasar, sofria ataques de pânico e tinha uma veia de ciúme. Ela era o meu oposto de muitas maneiras: impulsiva, instável, elétrica. Mas eu amava Kelly mesmo assim e isso, para mim, era um sinal de que tinha achado o "amor verdadeiro". Kelly não era perfeita, mas era perfeitamente imperfeita. Em um ano, nós nos mudamos para morar juntos em Los Angeles.

ATO III

— O que vai acontecer com elas se nós terminarmos? — Kelly perguntou. Estávamos em uma loja da CB2, lar da mobília moderna que fica melhor na loja do que na sua casa, discutindo sobre cadeiras da sala de jantar, nossa primeira grande compra como um casal.

Ri da pergunta dela.

— Estou falando sério — ela disse.

— Nós não vamos terminar — respondi e lhe dei um abraço. — E, se nos separarmos, o destino dessas cadeiras será a menor das nossas preocupações.

Kelly não se convenceu. No caminho para casa, ela ficou brincando com a capinha do celular, colocando e tirando, enquanto olhava pela janela. Nós mal tínhamos carregado as cadeiras para dentro, quando as lágrimas começaram. Ela andava pelo nosso novo apartamento quase vazio, listando as razões pelas quais nosso relacionamento estava condenado e por que não deveríamos comprar coisas juntos. A briga durou muitas horas. Kelly atacou a solidez de nossa relação, enquanto eu a defendia. Meus argumentos eram racionais, enquanto os dela se baseavam nas emoções. Afinal, eu a intimidei com lógica até que ela se rendesse, e a convenci de que suas emoções estavam erradas. Claro que as emoções de uma pessoa não podem estar "erradas", mesmo se ela não puder "defendê-las", mas, naquele momento, eu tinha "vencido".

— Desculpe por ontem à noite — ela falou na manhã seguinte. — Eu amo as cadeiras e amo você.

— Tá tudo bem. Amo você também — respondi, antes de suceder com o grito de guerra do namorado da garota-fada-maníaca-dos-sonhos: — Vai ficar tudo bem.

O sorriso dela dizia que acreditava em mim. Parecia que eu a "resgatava", e ela parecia gostar de ser "resgatada".

De acordo com o roteiro, minha garota-fada-maníaca-dos-sonhos me salvou de ser um careta no primeiro ato, fazendo minha vida ser mais divertida e descolada, mas aqui, no terceiro ato, era minha vez de ser o salvador. Ser forte para ela fez com que eu me sentisse mais forte. Este sentimento, de "consertar" alguém, é o verdadeiro dom da garota-fada-maníaca-dos-sonhos.

É nesse momento que o filme geralmente termina, logo depois do cara dizer para a garota-fada-maníaca-dos-sonhos que *tudo vai ficar bem* e consertá-la com o amor dele. Então sobem os créditos, encerrando a história em um momento de alegria eterna.

O que faz os filmes serem mágicos não são as coisas incríveis que acontecem neles; afinal, coisas incríveis também acontecem na vida real. Não... O que torna os filmes mágicos é que eles terminam assim que a coisa incrível acontece. Eles param quando a guerra acaba, depois que o time ganha o campeonato, depois que o rapaz conquista a garota. A vida real, porém, continua, mesmo quando é inconveniente para a narrativa.

ATO IV
(O ato que você não vê no cinema)

Nosso relacionamento continuou por mais dois anos e foi feliz em sua maior parte. Eu me dava bem com a família dela. O sexo era bom. Eu tinha feito progressos em meu objetivo de ser um escritor profissional e Kelly tinha coisas empolgantes acontecendo na carreira dela. Tínhamos um cão também, por sugestão de Kelly.

Enquanto dividir a propriedade de uma sala de jantar a aterrorizava, a ideia de criar um ser vivo juntos não parecia perturbá-la. Nós demos o nome de Murray (em homenagem a Bill Murray) para a nossa adorável filhote de beagle, e eu sentia que nós três éramos uma verdadeira família. Graças ao cinismo saudável a respeito do casamento que qualquer filho de pais divorciados deve ter, eu não tinha pressa em me casar, mas eu podia ver nós dois seguindo nessa direção algum dia.

Só que "felizes para sempre" é muito enfadonho para a garota-fada-maníaca-dos-sonhos.

As explosões se tornaram mais frequentes. Pequenos incidentes como eu não entender um quadro de comédia que ela tinha escrito ou fazer uma pergunta — que eu achei inocente — sobre uma entrevista de emprego faziam com que ela estourasse. As brigas não raro iam para uma condenação de toda a nossa relação. Conforme nos aproximávamos do nosso aniversário de três anos, as coisas pioraram. Kelly foi despedida de seu emprego fixo e, quando as possibilidades de emprego acabaram, um surto de depressão se estabeleceu. Paguei mais contas e tentei me manter positivo, mas lhe dizer "tudo vai ficar bem" não funcionava mais. Ela se tornou reclusa, quieta e fria. Nós paramos de transar e ela começou a fumar pela primeira vez desde que a conheci. Mas eu não considerei terminar. Mantive a crença de que as reservas dela eram sobre suas inseguranças, não sobre nosso relacionamento. O que tínhamos era "amor verdadeiro", o que significava que valia a pena suportar todos os sofrimentos, valia a pena consertar todos os problemas. Mesmo que um dos problemas fosse a minha parceira me dizendo que não queria estar comigo. Eu não deixaria algo sutil como isso me dissuadir. Eu só precisava amá-la mais, consertá-la mais.

Porém, nós ainda não tínhamos chegado ao fundo do poço.

Uma noite, acordei às 3:30 e descobri que Kelly não tinha voltado para casa nem ligado. Ela não atendia o telefone, e a cada ligação eu ficava mais chateado, vacilando entre preocupação e raiva. Detestava a "Kelly da caixa postal", por ela agir de forma tão desenvolta quando SABIA que eu estava enfurecido. A verdadeira Kelly, claramente bêbada, finalmente me atendeu quase às cinco da manhã.

— Por que você não me ligou? — perguntei.

— Esqueci — ela disse, sem dar mais explicações.

— Quer que eu vá te pegar?

— Não, ainda estou me divertindo, vou dormir por aqui — ela respondeu e desligou.

Eu não sabia onde "aqui" era. Logo percebi que estava torcendo para que ela estivesse com problemas... pelo menos assim eu teria um problema para resolver. Mas ela não precisava nem queria a minha ajuda.

Na manhã seguinte, Kelly chegou em casa lá pelas nove horas, e sua falta de equilíbrio mostrava que ainda não tinha cruzado a divisa entre bebedeira e ressaca. Eu a questionei a respeito da noite anterior, porém estava agindo mais como um pai desapontado do que como um amante raivoso, cumprindo o papel do namorado racional e careta. Ela ofereceu uma desculpa superficial e foi dormir.

Esse padrão se repetiu. De noite, ela fazia a garota-fada-maníaca-dos-sonhos para outras pessoas; de dia, eu tinha a garota-fada-ressacada-deprimida-dos-pesadelos. Ela explicava seu comportamento dizendo que estava passando por uma fase difícil e precisava de espaço.

No fim do verão, fui acampar com uns amigos em Lake Powell, pois pensava que seria bom termos um pouco de tempo separados. Antes de ir, escrevi à Kelly uma carta na qual reconhecia pela primeira vez que a nossa relação poderia estar instável. Mas também pedi a ela para considerar que isso poderia ser uma fase difícil, temporária, que valeria a pena esperar passar. Terminei a carta com o seguinte parágrafo:

Sei que esta carta não vai resolver nada. Mudanças levam tempo. Mas ainda assim preciso escrevê-la, para que você saiba o quanto eu te amo e o quanto me preocupo com você. Sei que meu amor não pode consertar o que está errado, mas quero que saiba que ele continua o mesmo, e sempre será assim.

Deixei a carta na mesa dela com um buquê de flores.

―――

Passei as doze horas de viagem até o Lake Powell esperando uma ligação dela, mas o telefone ficou mudo no porta-copos durante horas e horas, quilômetros e quilômetros. Mais tarde, enfim, ele apitou: não era uma ligação, mas uma mensagem de texto. Ela me agradeceu pelas flores sem mencionar a carta.

Quando eu escrevi que meu amor não poderia consertar sua depressão, eu estava mentindo. Eu achava SIM que meu amor poderia consertar TUDO. A carta tinha sido meu Grande Gesto Romântico, aquele que salva o relacionamento e também a garota. Era meu momento Lloyd Dobler, protagonista do filme *Digam o que quiserem*: estava segurando um aparelho de som sobre a minha cabeça e disparando "In Your Eyes". Nos filmes, o gesto romântico sempre funciona, só que falhou para mim na vida real. Foi como se Diane Court, do mesmo filme, fosse até a janela e a fechasse para poder voltar a dormir. Dei meu coração a ela; ela me agradeceu pelas flores de 12,99 doláres.

Voltei a Los Angeles alguns dias depois, fedendo a fogueira e sabendo que meu relacionamento provavelmente tinha acabado. Quando cheguei em casa, Murray correu na minha direção com a cauda abanando; Kelly mal tirou os olhos do filme que via. Fiquei parado na porta, com a mala na mão, enquanto a esperava falar algo a respeito da carta. Se aquilo não pudesse salvar o relacionamento, ela teria de, pelo menos, reconhecer que existia, certo? Mas ela não disse nada. Uma semana depois, Kelly ainda não tinha mencionado a carta, e nem eu o fizera.

— O que está acontecendo com a gente? — perguntei certa manhã enquanto ela fazia o café.

— Eu já disse — ela respondeu. — Só estou passando por um momento difícil.

Ela tentou sair da cozinha, mas eu a impedi.

— Essa resposta não serve mais.

Ela me encarou com seus grandes olhos, os mesmos que tinham sido preenchidos com tanto carinho três anos antes, quando ela disse pela primeira vez que me amava. Agora eles só pareciam cansados.

— Vou morar com meu irmão — ela disse.

— Temporariamente?

— Não.

— Mas nós temos um cachorrinho — argumentei.

Deixei a declaração pairar no ar, como se isso justificasse tudo. Tínhamos pegado Murray fazia apenas quatro meses... Quem adota um cachorrinho com alguém que pretende dispensar? Um animal não é como uma criança, não existe adoção "acidental". Ninguém bebe vinho demais, tira tarde demais e acaba com um cachorrinho. Um animal é uma escolha. Bem recentemente, quatro meses antes, ela ESCOLHEU adotar um cachorro junto comigo, o que significava que ela acreditava que haveria um "nós".

O problema com essa lógica era que Kelly não respeitava a lógica. Ela queria um cachorrinho, então ela adotou um cachorrinho e agora não queria estar comigo, então não iria ficar comigo. Eu estava tentando explicar suas emoções, mas o truque não funcionava mais. Ao não estar mais completamente comigo, Kelly estava completamente separada. Esse foi o dia em que ela partiu. Meu amor não pôde "consertá-la" e, pior ainda, ela não queria ser consertada. Precisar de conserto é a regra número um da garota-fada-maníaca-dos-sonhos — como ela poderia ignorar isso? Não sei como, mas ela ignorava, e estava deixando a nossa história acabar, não com os créditos rolando, mas em uma parte com choro e divisão das posses. Fiquei com as cadeiras da sala de jantar e o cachorrinho; ela ficou com as máquinas de escrever velhas.

Todos nós já tivemos nosso coração partido. Este livro é sobre o que aconteceu comigo depois de ter o coração partido. E *brunch*. Este também é um livro sobre *brunch*.

Parte I

Você também pode sair por aí casualmente

1.

Uma breve história da minha vida amorosa

Aos trinta anos de idade, eu estava solteiro pela primeira vez em muito tempo, poderia dizer até uma década. Este é um resumo da minha história de namoros para mostrar o que eu quero dizer.

Idade: 0–13
Namorada: John Elway (*quarterback* do Denver Broncos)
Descrição: Pré-púbere e alegremente desinteressado em sexo ou garotas, minha atenção em grande parte era focada em meus heróis esportivos. Foi um momento muito lúcido na minha vida.
Duração do relacionamento: 13 anos

Idade: 13–18
Namorada: Minha mão (e vários travesseiros)
Descrição: Descobri a masturbação. Era espetacular. Tive alguns encontros, poucos beijos e nenhuma namorada, mas minha amiga masturbação sempre esteva lá para mim.
Duração do relacionamento: cinco anos (admito que ainda nos encontramos com bastante frequência)

Idade: 18-22
Namorada: Maria (primeiro amor)
Descrição: Nós nos conhecemos durante a orientação vocacional para a universidade e namoramos por todos os quatro anos da graduação. Ela foi minha primeira namorada e era um relacionamento maravilhoso, que só terminou porque nenhum de nós queria se casar com a primeira pessoa que tinha namorado.
Duração do relacionamento: 3,5 anos

Idade: 22-23
A crise
Descrição: Não namorei nem fiz sexo com ninguém ao longo de um ano inteiro. Eu tinha conseguido uma namorada na faculdade tão rápido que não sabia interagir direito com garotas.
Duração da crise: 1,5 ano

Idade: 23-25
Namorada: Samantha (aquela para quem eu não estava pronto)
Descrição: Samantha era linda, bondosa e uma ótima namorada, mas eu era muito imaturo para ser um bom namorado. Eu me mudei para Nova York sem ela, mas não tive coragem de terminar o relacionamento. Namoramos a distância por seis meses, antes de eu terminar com ela por telefone porque estava a fim de outra pessoa.
Duração do relacionamento: 2,5 anos
Tempo solteiro: Três semanas

Idade: 25-27
Namorada: Ann (o estepe)

Descrição: Minha queda por Ann finalmente me fez terminar o relacionamento com Samantha. Nós saímos por mais de um ano e meio sem nunca dizer "eu te amo" (mais sobre isso depois). Fiquei no relacionamento por seis meses a mais do que deveria, porque não queria ferir os sentimentos dela.
Duração do relacionamento: 1,5 ano
Tempo solteiro: 72 horas (é sério)

Idade: 27
Namorada: Melanie (a amiga)
Descrição: Conhecia Melanie desde o ensino médio e sempre pareceu haver uma atração mútua, mas nunca estivemos solteiros ao mesmo tempo. Três dias depois que terminei com Ann, quando estava na casa dos meus pais para o Natal, Melanie e eu ficamos. Nossa relação apaixonada, mas conturbada, de três meses e a distância terminou com ela me dando um pé na bunda por me amar somente como amigo.
Duração do relacionamento: Três meses
Tempo solteiro: Três meses

Idade: 27–30
Namorada: Kelly (garota-fada-maníaca-dos-sonhos)
Descrição: Você já sabe tudo sobre este namoro.
Duração do relacionamento: Três anos

Como a lista evidencia, eu sofria de monogamia em série, com a condição em seu auge nas idades entre vinte e três e trinta anos. Durante esse período, namorei quatro garotas e fiquei solteiro por no máximo quatro meses no total, uma média de cinco semanas por término. Como um macaco com medo de soltar um galho antes de pegar o próximo, eu pulava de garota em garota, muitas vezes tendo meu próximo interesse amoroso à vista antes do relacionamento em vigor terminar.

As coisas aconteceram assim por eu ser o clássico "cara legal". Caras legais só namoram sério. Eles não são do tipo que seduz uma garota em um bar e a leva para casa para transar (para começar, nós não "transamos": nós "fazemos amor"). Caras legais não "pegam" mulheres. Em vez disso, nós as conhecemos por meio de amigos em comum ou em cursos de adultos e mandando mensagens respeitosas pelo Facebook para perguntar se a garota gostaria de jantar, ou fazer qualquer outra coisa, em um momento totalmente conveniente para ela, se tudo bem, SEM QUERER PRESSIONAR. E, se um cara legal tem sucesso e consegue um encontro, ele imediatamente busca um relacionamento, não uma aventura. *Beijar bêbado? Não sem um anel de compromisso, obrigado.*

Quando eu tinha uma namorada, costumava a manter por um bom tempo, porque caras legais são ótimos namorados. Eu raramente levantava a voz, não reclamava muito, sempre me lembrava de aniversários, fazia massagens e me dava bem com a família. Eu preferia a monogamia e nunca almejava a época de solteiro — essa época significava conversar com estranhos... eu a odiava.

Então, o que há de errado em ser esse cara legal que parece incrível? Nós estamos mais preocupados em parecer "legais" do que de fato ser boas pessoas. Ser legal significa se comportar de uma forma que você acha que vai fazer as pessoas gostarem de você. Bondade significa ser emocionalmente honesto, mesmo que isso deixe alguém nervoso. O cara legal não é bom se ele não for emocionalmente honesto, e eu era um excelente exemplo disso.

Muito preocupado sobre o que outras pessoas pensariam de mim, eu não iria terminar um namoro quando tinha vontade porque isso era "ruim", e não podia suportar a ideia de alguém não gostar de mim. É assim que você se vê dizendo coisas como:

— Só quero me estabelecer primeiro em Nova York antes de você vir.

Se, por outro lado, minhas namoradas quisessem terminar comigo, eu iria tentar convencê-las a ficar, sem ligar para o estado do relacionamento, porque tomar um pé na bunda parecia uma declaração sobre o meu valor inerente. Eu gostava de evitar ou de dispersar logo um confronto, em vez de resolver as questões subjacentes. Estar em um relacionamento era mais importante que estar no relacionamento certo.

Então, este é o problema com o cara legal. Mas como nos tornamos um? Como é que alguém desenvolve um traço de personalidade definitivo e incapacitante? Durante o ensino fundamental, é claro.

———

Quando eu era adolescente, um dos meus apelidos era "Matteson boneca de porcelana". A puberdade não me atingiu até que eu tivesse quase dezoito anos, então, antes da faculdade, eu pesava menos de 60 quilos, não tinha barba e ostentava a face suave e jovem de um boto molhado. Amigos me cumprimentavam nos corredores assim:

— Por apenas três parcelas de 19,99 doláres, você pode ter o seu próprio Matteson boneca de porcelana, completo, com uma sombrinha.

Esse fraco corpo em miniatura era bom para tirarem sarro, mas era péssimo para a minha confiança, especialmente no que se referia a mulheres. Eu não sofria de timidez crônica e tinha amigos, mas a ideia de interagir de forma romântica com garotas me aterrorizava. Para mim, sexo e namoro eram como ir à Lua: eu sabia que havia gente que tinha feito isso, mas não compreendia a ciência por trás da coisa toda, e parte de mim acreditava que podia ser tudo uma farsa.

Em vez de convidar uma garota para sair, o que insinuaria que eu gostava dela e a via de uma forma sexual (e desrespeitosa), eu me tornei o cara que divertia as namoradas dos meus amigos e então ia jogar videogame enquanto eles davam uns beijos. Eu era o cara que via um convite para estudar com uma menina como isso e só isso. Muito "legal" para nunca tomar a iniciativa, eu assistia aos babacas pegarem as garotas.

Notei pela primeira vez o fenômeno babacas-pegam-as-garotas na sétima série, quando todos os dias nos corredores via algum rapaz pegar a alça elástica do sutiã de uma garota, puxar e soltar em um sonoro estalo. Por que elas deixavam os garotos fazerem isso? Por que elas não estavam relatando esse comportamento para o diretor, para a polícia ou para o presidente da Victoria's Secret? Para qualquer um?

As garotas sequer pareciam se ofender por este nível inicial de sadomasoquismo. Na verdade, os garotos que faziam isso eram os que arrumavam namoradas e, se as lendas fossem verdadeiras, faziam com os dedos algo AINDA MAIS desrespeitoso com elas do que estalar os sutiãs.

Como as garotas podiam gostar desses babacas?, eu pensava. *Por que elas não se sentiam atraídas por mim, o cara legal que respeitosamente as ignorava?*

Na época, presumi que as meninas me ignoravam porque tinham um senso inato de que eu seria insuficiente como namorado. Muito tempo depois, percebi que, apesar de estalar sutiã ser uma interação juvenil e desrespeitosa, pelo menos era uma interação. E namorar requer interação.

Para que eu fizesse um avanço em relação a uma garota, seria necessário que ela me escrevesse uma carta (de preferência com firma reconhecida) em que explicasse que gostava de mim e me autorizando a beijá-la. E, mesmo assim, eu gostaria de ter o meu advogado presente no referido beijo contratualmente acordado.

As coisas não melhoraram no ensino médio, pois mantive minha distância de mulheres por respeito (medo). O mais perto que cheguei de um relacionamento foi uma amizade firme com uma menina por quem eu tinha uma queda enorme. Sara sorria bastante para mim, tocava meu braço de vez em quando e ria das minhas piadas, mas, porque era uma das pessoas mais legais da escola, ela meio que fazia isso com todo mundo. Escondi meus sentimentos por ela porque eu não queria ser o idiota que confundia a bondade geral com um sinal de interesse. *Oh, ela disse oi e me tratou como um ser humano normal... Eu poderia fazer sexo com ela!*

Sara e eu passamos bastante tempo juntos no verão depois do nosso último ano de escola. Em uma noite, apoiado pela coragem líquida (refrigerante — eu não bebia álcool no ensino médio), perguntei se ela gostaria de ir até a caixa-d'água e ouvir música. Embora isso possa parecer bem inocente, as pessoas não iam até a caixa-d'água para avaliar a qualidade da água potável da cidade. Aquele era o nosso "point da pegação".

— Parece ótimo — ela disse.

— Legal, sim, sei lá, vamos lá, apenas uma ideia — falei, esperando transmitir que eu ficava com meninas o tempo todo, ao invés de nunca na história.

Fiquei em silêncio enquanto dirigia pela estrada sinuosa até a caixa-d'água, com medo de dizer qualquer coisa que pudesse fazer Sara mudar de ideia. Estacionamos e observamos a noite bela e limpa. As luzes da cidade se estendiam abaixo de nós, um espelho das estrelas no céu.

Para estabelecer o clima PERFEITO, coloquei um CD da Dave Matthews Band (oh, todo mundo gostava deles naquela época, me deixe em paz), e, pelas duas horas seguintes, nós ficamos bem ocupados... discutindo vários tópicos, como nossas comidas favoritas. Por que ser egoísta e ir pra pegação quando podíamos fazer um serviço para a humanidade e decidir, de uma vez por todas, o que era melhor: pizza ou cheeseburger?

Sim, tudo indicava que Sara estava interessada em mim, mas ela não tinha me enviado a carta com firma reconhecida dizendo que eu poderia beijá-la, então eu ainda me sentia nervoso. Ela estava tão perto que eu podia sentir o cheiro de cereja do seu hidratante labial, mas o metro que separava nossos lábios bem podia ser milhões de quilômetros. Como eu iria chegar daqui até ali? A ideia de que eu poderia apenas me inclinar e beijá-la era ridícula, afinal, ela poderia me ver chegando perto. Não, eu precisava de algum tipo de truque. Talvez eu pudesse propor uma competição de quem piscaria primeiro? Perguntar se poderia praticar respiração boca a boca? Oferecer a ela um pouco do chiclete que eu estava mascando?

Pensei e pensei e pensei, porém não consegui elaborar nenhuma "jogada". Como as pessoas faziam isso? Como a raça humana prospera na Terra se beijar — imagine então ir até o final! — era impossível?

— Já, já precisaremos ir embora — Sara afirmou perto da meia-noite. — Preciso chegar em casa antes do toque de recolher.

Ela talvez tenha esperado que estabelecer um prazo iria estimular alguma ação de minha parte. Isso não aconteceu. Em vez de beijá-la, eu imediatamente dei partida no carro.

— Bem, então é melhor te levar pra casa! — falei, aliviado por não precisar mais ficar lá sentado sem conseguir fazer nada. Nunca beijei Sara, nem nenhuma outra pessoa, durante o ensino médio. No meu mapa pessoal sobre a vida, sexo era um espaço em branco no qual, em vez de informação, havia apenas os dizeres: "Território inexplorado."

———

As coisas melhoraram quando deixei a minha casa, graças à orientação vocacional. Cheguei à faculdade como uma folha em branco, e não mais Matteson boneca de porcelana, o cara que nunca tinha beijado uma garota. (Eu ainda me assemelhava um pouco a uma boneca de porcelana, mas pelo menos ninguém sabia do *apelido*.) Ajudou também que, nas duas primeiras semanas de aula, todos nós estávamos LOUCOS. Não havia supervisão dos pais nem toque de recolher, e havia um fornecimento constante de álcool. Foi como pegar um monte de coelhos no cio e jogá-los juntos em um cercado. E ainda esses coelhos estavam bêbados de rum.

Durante esta tempestade perfeita de anonimato e promiscuidade, eu conheci minha primeira namorada, Maria, uma menina bonita do Meio-Oeste. Durante algumas semanas, fomos apenas amigos, o que me levou a pensar que eu estava assumindo meu costumeiro papel de coadjuvante com pouco tempo de tela e quase nenhum diálogo, mas certa noite ela perguntou se poderia ir até o meu dormitório para ver um filme.

Meu único móvel era uma cadeira inflável que não comportava duas pessoas, por isso Maria e eu tivemos de nos deitar lado a lado na minha pequena cama de solteiro para assistir a *Mong e Loide* (eu entendo de romance ou não?). Eu não podia acreditar.

Estava na faculdade havia apenas um mês e uma garota estava na MINHA CAMA e nossas PERNAS ESTAVAM SE TOCANDO. Não era bem uma carta rubricada, mas até mesmo eu vi aquilo como um sinal verde. Entretanto, foi só quando começaram a passar os créditos do filme que eu fiz qualquer coisa. O filme escurecia, e eu sabia que meu tempo estava acabando, então abandonei qualquer esperança de fazer uma "jogada" e praticamente girei para cima dela enquanto empurrava meus lábios em direção à sua boca. Para minha surpresa, ela retribuiu o beijo. Ao que parecia, desespero podia ser uma jogada.

Nós nos tornamos um casal oficial logo depois, e recuperei o tempo perdido na batalha do beijar. Maria e eu nos beijávamos toda vez que tínhamos uma chance: entre as aulas, depois do almoço, antes de dormir, durante filmes e quando nos víamos sozinhos em um elevador. Porque nós dois éramos virgens e não estávamos prontos para o sexo, beijar era a única coisa que fazíamos. Nós nos beijávamos por horas, até que nossos queixos ficassem vermelhos e rachados, nossos cabelos bagunçados e nossas roupas íntimas totalmente abarrotadas de tanto nos esfregarmos.

Depois de alguns meses, quando já tínhamos quase desgastado as virilhas de nossas calças jeans, decidimos ir até o fim. Perder a virgindade um com o outro, como amantes pela primeira vez, parecia perfeito, mas eu estava nervoso. A educação sexual focada na abstinência tinha me deixado completamente despreparado para o que acontecia durante o sexo. Eu mal entendia o que era um clitóris. Sabia que era uma parte da vagina que, se você respondesse corretamente a três charadas, lhe concederia um desejo, mas isso era tudo.

Até mesmo comprar camisinhas pela primeira vez me aterrorizava. Eu temia que o Matteson boneca de porcelana entrasse na farmácia e dissesse:

— Uma caixa de camisinhas sexuais, por favor.

O atendente riria.

— Oh, não, não posso lhe vender isso. Não só você é muito novo para fazer sexo como também não é descolado o bastante.

Adiei a compra até a tarde de nossa cerimônia planejada para perder a virgindade. Uma vez dentro da farmácia, encontrei o corredor de preservativos, mas me mortificou parar de verdade e escolher uma marca, então segui em frente, olhando de relance enquanto passava pela seção, tentando captar o máximo de dados possível. Fiz isso diversas vezes, dando voltas pelo corredor, e, a cada rodada, pegava um pouco mais de informação.

Camisinha lubrificada? Pensei que a vagina cuidava disso, tipo como um forno autolimpante. Texturizada para maior prazer dela? Parece boa a ideia de deixar a camisinha fazer um pouco do trabalho pesado, aliviando a pressão das minhas costas.

Após algumas passagens pelo corredor, peguei um pacote, mas eu precisava comprar outra coisa se não quisesse parecer um tipo de depravado que só ia à farmácia adquirir produtos sexuais. Mas o que comprar? Eu estava com um pouco de sede... Que tal uma bebida? *Sou apenas um cara normal, ativo sexualmente, tentando saciar a sede.*

Fui até a geladeira, averiguei as opções e escolhi... um suco de maçã. Sim, peguei a bebida favorita de uma criança de quatro anos para fazer minha compra parecer mais adulta. No momento, pareceu ser uma ótima escolha, e caminhei com orgulho até o caixa para pagar. *Matteson, seu maldito gênio, você resolveu!*

No caixa, encontrei outro desafio: a mulher cuidando dos pagamentos parecia uma avó. Não apenas uma avó normal, mas uma daquelas tão adoráveis que devia ser chamada de "vóvi" ou algo do tipo. Eu não queria comprar camisinhas com a Vóvi, mas tinha ido longe demais para recuar (já tinha aberto o suco de maçã).

Eu me aproximei do caixa e coloquei meus produtos no balcão. Vóvi passou primeiro o suco de maçã. Foi tudo bem. Ela não suspeitou de nada. Não sei como ela reagiu aos preservativos, porque, quando os pegou, eu estava lendo o rótulo de um pacote de chiclete e forçando um olhar de fascínio para realmente convencer. Hã, apenas duas calorias por chiclete. Eu teria imaginado que eram três.

— Seu total foi de 18,36 dólares — disse Vóvi.

Deslizei uma nota de vinte dólares pelo balcão, tomando cuidado para não fazer nenhum movimento brusco, consciente de que "o acordo" poderia dar errado a qualquer momento.

— E seu troco é de 1,64 dólares — ela concluiu conforme me entregava minhas compras, agindo com tranquilidade total, como se não tivesse me vendido algo que mais tarde estaria no meu pênis.

— Tenha uma boa noite — ela me desejou enquanto eu me dirigia para a saída.

Senhora, eu tenho uma caixa de camisinhas e uma garrafa de suco de maçã... Você SABE que estou prestes a ter uma boa noite.

Tanto Maria quanto eu tínhamos colegas de quarto, então reservamos um quarto de hotel para nossa noite especial. Você poderia pensar que, depois de anos ansiosos por sexo, nós arrancaríamos as roupas um do outro, mas não fizemos isso. Ao contrário: nos sentamos na beirada da cama do hotel arrumada à perfeição, tomados de uma inquietação silenciosa. Um drinque provavelmente nos ajudaria a relaxar, mas os daiquiris que bebemos durante o jantar eram sem álcool, como deviam ser, já que não tínhamos ainda vinte e um anos.

Quando finalmente começamos, as coisas não correram tão bem. Nos filmes, fazer sexo é fácil. O cara sobe em cima da garota, a música toca, apenas a quantidade certa de suor aparece nas testas, as bundas de alguma maneira são bronzeadas e eles não só têm um orgasmo junto como esse orgasmo fornece uma pista para o mistério que tentam resolver.

Na vida real, não conseguimos sequer começar. Pensei que seria como dois ímãs, que, uma vez que nossos equipamentos ficassem perto um do outro, eles automaticamente se atrairiam. Nada disso. Eu estava empurrando cegamente, como se estivesse num jogo de quermesse que parece fácil, mas que, na verdade, é impossível. E nenhum de nós sabia que podíamos usar nossas mãos lá embaixo. Acho que pensamos que sexo tinha as mesmas regras do futebol.

Por fim, conseguimos fazer funcionar, mas, depois de dois minutos lá dentro, Maria murmurou alguma coisa. Não consegui entender o que ela tinha dito, mas supus que era algo sensual. Afinal, estávamos no meio de um sexo sensual.

— O que você disse? — perguntei com um sussurro.

— Pare de se mexer. Isso dói.

Congelei. Nós ficamos desse jeito — eu me equilibrava sobre ela, tentando não respirar — por três ou quatro minutos, até que ela perguntou se eu podia parar totalmente. Rolei para o lado. O que nós tínhamos feito contava? Eu não era mais um virgem? Enquanto pensava nisso, Maria começou a chorar.

— Qual é o problema?

— É que não foi assim que imaginei. — Ela soluçou. Ela descreveu o que esperava, e usou o termo *mágico* mais de uma vez. Falei que ia ficar melhor, tranquilizando a mim mesmo tanto quanto a ela.

Na manhã seguinte, sem a pressão da primeira vez, tivemos muito mais sucesso. Mas nós cometemos um erro de principiante: esquecemos de colocar o aviso de "Não perturbe" na porta, provavelmente porque nunca tínhamos feito nada que pudesse ser perturbado em um quarto de hotel antes.

Bem no meio da nossa linda (estranha) defloração, ouvimos uma batida, seguida imediatamente pela abertura da porta. Uma mulher entrou, trazendo junto um aspirador de pó.

— Por favor, não entre, estamos ocupados! — gritei. Teria sido menos constrangedor se ela tivesse me pegado desmembrando um corpo.

— Desculpe! — ela disse enquanto corria para fora do quarto. Tínhamos tomado o cuidado de reservar um quarto de hotel e, ainda assim, fomos interrompidos.

Apesar do susto, terminamos o que tínhamos começado. Não sei se foi mágico, mas não teve nenhum choro, então considerei uma vitória. Sorri pelo resto do dia e queria parar todos que passavam e dizer:

— Sexo é mesmo ótimo, né? Sei disso porque eu faço sexo. Sou um fazedor de sexo. Sinta-se à vontade para discutir sexo comigo.

Maria e eu ficamos quase inseparáveis durante os anos da faculdade. Passamos um semestre juntos em Paris, a semana de recesso em Cancun, Natais alternados na casa um do outro. Foram ótimos quatro anos, mas, conforme a formatura se aproximava, percebemos que não tínhamos um plano para a vida pós-faculdade. Ela estava se mudando de volta para casa e eu queria ir para o Alasca trabalhar durante o verão. Embora fosse claro que iríamos terminar, decidimos não fazer isso até o último instante, para que pudéssemos curtir aquelas semanas de faculdade juntos.

Na manhã seguinte após recebermos nossos diplomas, demos um abraço de adeus enquanto o táxi dela estava parado na rua. O abraço durou tempo o bastante para me fazer questionar se deixar a única pessoa que eu tinha amado era a decisão certa. Quando o táxi partiu, ela acenou pela janela, e as lágrimas que ameaçavam cair forçaram o caminho para fora dos meus olhos.

Embora meu verão no Alasca tenha sido ótimo, não gostei de estar solteiro de novo. Terminar parecia ser a decisão certa, mas eu sentia falta de Maria e da intimidade que tinha com ela, tinha saudade da validação de ter uma namorada que dizia que me amava. Levei mais de um ano para encontrar minha próxima namorada (foi o período da crise) e odiei cada minuto solteiro.

Eu não sabia na época, mas este era o início do ciclo do cara legal. Minha autoestima estava tão amarrada ao fato de ter uma companheira que estar sozinho fez eu me sentir como um fracassado; para mim, tomar um pé na bunda não significava que uma pessoa não me amava, mas sim que era inerentemente impossível me amar. Foi assim que insisti por tanto tempo no meu relacionamento com Kelly, a garota-fada-maníaca-dos-sonhos.

Só que eu queria parar o ciclo do cara legal. Não queria mais pular de relacionamento em relacionamento. Não queria mais ter medo de estar sozinho nem ocultar sentimentos para evitar o confronto. Queria ter uma boa autoestima, independentemente de estar ou não num relacionamento. Eu não tinha ideia de COMO faria isso, mas sabia qual era o primeiro passo para superar minha ex.

2.

Como superar uma separação

O cartãozinho de dia dos namorados feito à mão, de papel de carta vermelho com um laço branco, dizia "Você é legal!" do lado de fora, enquanto um texto grande de Kelly preenchia o lado de dentro, dizendo o quanto ela me amava. Respirei fundo para segurar as lágrimas. Não sabia o que era mais triste: as palavras não serem verdadeiras ou ela (e eu) ter acreditado que *eram* verdadeiras até tão recentemente? Joguei o cartão dentro de um saco de lixo cheio de outros momentos do nosso relacionamento, uma cápsula do tempo de dias mais felizes.

Eu tinha encontrado as lembranças enquanto fazia as malas para sair do apartamento em que vivíamos juntos. Como se isso já não fosse triste o bastante, no dia anterior eu tivera de ir a um casamento em San Diego, do meu meio-irmão, uma cerimônia formal de última hora porque a esposa dele era da França e eles precisavam dar entrada na papelada da imigração o quanto antes. Ou pelo menos era o que alegavam. Eu saiba a verdade: eles tinham apressado o casamento para esfregar sua felicidade na minha cara. Não me entenda mal, eu estava feliz pelo meu irmão, porém, por ter levado um pé na bunda tão pouco tempo antes, eu via o casamento com um olhar cansado, que me fazia pensar:

Vamos ver se isso aí dura. Eles são jovens e decidiram se casar muito rápido. Além do mais, amor não é real. Havia tempos, eu já era cético a respeito de casamentos, minha separação tinha me desiludido ainda mais.

Para piorar, eu ainda não tinha contado para alguns membros da família a respeito da minha separação, então recebia sempre a pergunta:

— Cadê a Kelly?

Ao que eu respondia:

— Nós terminamos há algumas semanas.

Mas o que eu queria dizer era:

— Não tenho a menor ideia de onde ela esteja porque não estamos mais juntos. Ela não me ama mais, apesar do fato de nós termos um cachorrinho, então estou sozinho hoje. Mas chega de falar de mim, vamos falar sobre algo emocionalmente deprimente na sua vida.

———

Muito embora eu amasse viver sozinho (eu era um ótimo colega de quarto para mim mesmo), aquilo parecia de uma desolação esmagadora à primeira vista. Não ter ninguém para comer comigo me fazia cozinhar sem alegria. Parei de ver a série *Parks and Recreation* porque Kelly e eu tínhamos assistido a ela juntos e a música tema tinha um efeito pavloviano em mim, me fazendo chorar logo nas primeiras notas. De noite, sem outra pessoa na minha cama, eu me sentia como o único sobrevivente de um naufrágio, que flutuava sozinho em um mar de cobertores, sofrendo com a improbabilidade de um resgate. Rapidinho dispensei minha regra contra Murray dormir na cama e descobri que a pelagem canina é extraordinariamente boa para absorver lágrimas.

Eu não só voltava para um apartamento vazio; eu estava o dia todo em um apartamento vazio porque eu trabalhava em casa. Enquanto tentava ser bem-sucedido como escritor, elaborando roteiros e *scripts* televisivos no meu tempo livre, eu ganhava dinheiro trabalhando para uma empresa que vendia mobiliário para escritórios. Encontrar estoques de cubículos de escritório usados para comprar e revender não era exatamente emocionante o bastante para me fazer esquecer meu relacionamento frustrado. Precisava ser proativo se pretendia me recompor.

Então, tive a ideia de um programa de oito passos:

1. Iniciar um Protocolo Fantasma — Agir como se Kelly fosse uma agente da *Missão Impossível* que tinha sido capturada: negar todo o conhecimento sobre ela e remover quaisquer evidências de sua existência. Joguei fora as fotos, parei de segui-la no Twitter e no Facebook e fiz sumir seu nome nos programas de mensagens.

2. Lamentar como se ela estivesse morta — Não tinha problema sentir falta de Kelly, como não tinha problema sentir falta de um ente querido que tivesse falecido, mas manter a esperança de reatar seria como esperar por uma pessoa morta se erguer da sepultura. Coloquei na cabeça que a tentativa de contato com mortos é loucura e tentar ter relações sexuais com eles é ainda pior.

3. Escutar muitas músicas de Billy Joel — Tornei "She's Always a Woman" ["Ela é sempre uma mulher"], de Billy Joel, minha trilha oficial de fim de namoro. Toda vez que me sentia deprimido, eu a escutava repetidas vezes, cantando junto cada verso. Esta música é incrível porque parece ter sido escrita especificamente sobre sua ex. *Minha namorada costumava ser gentil e, de repente, tornou-se cruel... Como você sabe disso, Billy Joel?*

4. Criar um "cenário de arrependimento" — Usei minha dor e minha raiva como inspiração para trabalhar mais e melhor, assim, um dia, Kelly se arrependeria de ter me perdido. Olhei décadas para o futuro e a vi em seu leito de morte, dizendo com seu último suspiro:
— Eu não devia ter te dado um pé na bunda. Foi o maior erro da minha vida.

— Sim, foi mesmo — eu confirmaria antes de desligar o telefone para que pudesse voltar a desfrutar minhas férias no espaço, as quais posso pagar porque neste futuro fictício sou bem rico.

5. Transformar a depressão num grande programa de treinamento — Há poucos planos de treinamento tão efetivos para perder peso do que o plano "Vou mostrar a ela". Especialmente quando combinado com a dieta "Estou muito deprimido para comer".

6. Lotar a agenda de eventos sociais — Com algum planejamento, eu estaria ocupado demais para conseguir ficar triste. Comecei a sair com pessoas para quem eu não tinha tempo antes, meu esquadrão de amigos da juventude. Lógico que eu pararia de sair com eles assim que o próximo relacionamento começasse, mas, por enquanto, fingiria que realmente os valorizava.

7. Odiar todas as coisas românticas — Comecei a destruir todos os filmes, livros, séries e músicas sobre amor. Condenaria a hipocrisia deles e gritaria contra sua falta de realismo. Lamentaria por qualquer amigo em um relacionamento e lhes diria "Boa sorte com isso". Eu me tornei um guerreiro da verdade, expondo o amor como uma doença, um vírus inventado por cartões de dia dos namorados.

8. Falar sem parar a respeito da separação — Eu ponderaria sobre as mesmas coisas repetidamente, revisitando as razões de Kelly estar errada ou ser estúpida e por que ela nunca deveria ter me deixado. Não importava a tentação, eu NÃO perguntaria a amigos como eles estavam, pois sabia que era importante para a minha saúde mental falar apenas sobre mim mesmo.

Grant, um antigo colega de quarto e um dos meus melhores amigos, foi um dos que tiveram de suportar mais a etapa oito.

Sabe quando uma coisa legal ou louca acontece e você pensa: *Esse tipo de coisa só acontece com os outros...*? Grant é a pessoa com quem isso acontece. Ele é alto, atlético, bonitão, toca guitarra, é muito engraçado e coisas surpreendentes e aleatórias parecem acontecer com ele regularmente, em particular quando se trata de mulheres. Em uma viagem de negócios a Paris em um fim de semana, ele ficou com uma modelo francesa, que então o visitou em Nova York para uma semana de sexo. Em outra ocasião, ele conheceu uma amiga de um amigo pelo Facebook e acabou em um curto e apaixonado romance a distância. Quando um mortal comum conhece aleatoriamente uma mulher pela internet, ela acaba sendo na verdade um sujeito de cinquenta anos que dirige um caminhão em Ohio. No caso de Grant, ela era animadora de torcida da NFL [Liga Nacional de Futebol Americano]. Eu o odiaria se ele não fosse um dos meus melhores amigos.

Em um telefonema, concedi uma rara exceção à minha regra "não quero saber da vida das outras pessoas" para ouvir a história da recente viagem de Grant ao Burning Man [Homem em chamas], um "festival de contracultura" que acontece todos os anos em agosto no deserto próximo à cidade de Reno. Durante uma semana, dezenas de milhares de pessoas levantam uma cidade com o nome de Black Rock City sobre um lago que secou. E as coisas ficam estranhas. As pessoas se unem em campos para criar obras de arte, bares, discotecas, clubes de sexo, casas de chá, bibliotecas, restaurantes e qualquer outra coisa que uma cidade pode precisar ou querer. A ideia é construir uma sociedade alternativa baseada na abertura, compartilhamento e sem julgamentos. Como se fosse um acampamento de verão para adultos, mas com muito mais *patchouli*.

Grant me contou tudo a respeito de sua experiência: o grande grupo de pessoas que acamparam com ele e as festas que deram; a arte; o deserto de noite, cada pessoa, cada carro, cobertos em luzes de LED, fazendo o mundo parecer uma psicodélica combinação de cores como a de um brinquedo dos anos 1980. Ele amava o senso de comunidade e a mudança de perspectiva que o evento proporcionava. Mais importante, ele me contou como o Burning Man era um lugar muito sexual que atraía muitas mulheres bonitas vestindo pouca roupa.

Grant tinha beijado dezenas de mulheres durante a semana, às vezes sem sequer trocarem uma palavra. Ele me contou de uma garota (outra modelo, bocejo...) com a qual ele transou em cima de uma plataforma em um andaime de oito metros de altura enquanto um grupo de centenas de pessoas pirava abaixo. Antes que ele pudesse terminar a história, disparei:

— Quero ir ao Burning Man com você ano que vem!

Não só eu queria ir ao Burning Man como queria fazer tudo. Queria abraçar a experiência (transar muito), explorar a sociedade alternativa (transar muito), descobrir coisas sobre mim mesmo (transar muito) e fazer tudo isso sem restrição nenhuma (de modo que eu pudesse transar muito).

Para fazer isso, contudo, eu precisava estar solteiro quando fosse para lá, e, com o Burning Man a onze meses de distância, significava passar um ano sem começar nenhum relacionamento. Isso pode não parecer muito tempo, mas, para um monogâmico em série, era assustador. Seria meu maior período solteiro em sete anos.

Eu precisava de um plano.

3.

O brunch dos manos

Eu cresci no Colorado, por isso não sabia o que era um *brunch*. Nós só saíamos para tomar café da manhã duas vezes por ano, costumeiramente para comemorar o nascimento ou a morte de Jesus.

Em Los Angeles, entretanto, o *brunch* é uma modo de vida. Muitos angelinos participam desta tradição sagrada pelo menos duas vezes por mês, às vezes chegando a aguardar mais de uma hora por uma mesa para que possam comer no lugar "certo". Depois de um tempo na cidade, aprendi as diferenças entre *brunch* e café da manhã.

Café da manhã — tempo de refeição entre trinta e quarenta minutos.
Brunch — tempo de refeição entre três e quatro horas.
Café da manhã — sem álcool.
Brunch — um poço sem fundo de mimosas, um drinque de champanhe com suco de laranja.
Café da manhã — conversas a respeito do tempo ou do preço da gasolina.

Brunch — conversas a respeito da sua vida sexual, da vida sexual dos seus amigos e da vida sexual dos amigos dos seus amigos. E *Mad Men*.

Café da manhã — traje: sei lá, o que você colocar quando sair da cama. Ninguém liga, afinal, é só o café da manhã, não o baile de formatura.

Brunch — traje para homens: calças jeans envelhecidas, uma camiseta com uma estampa de uma banda obscura (de preferência que ainda não tenha sido formada) e óculos de sol, que permanecerá no rosto por todo o tempo, esteja você do lado de dentro ou do lado de fora. Traje para mulheres: duas possibilidades, ou roupas apertadas e elegantes dignas de uma balada exclusiva, ou uma roupa tão casual que poderia muito bem ser usada por uma grávida do Meio-Oeste durante uma maratona do seriado *One Tree Hill*. Não use nada entre esses dois extremos.

Café da manhã — comida: ovo frito, batatas, bacon e torradas. Em uma ocasião especial, como seu aniversário, você pode pedir uma omelete especial.

Brunch — comida: fritada com figos, bacon defumado, queijo de cabra fresco e cebolinha artesanal. Uma porção de "fiesta batatas fritas" com queijo de cabra fresco. Apenas para fazer graça, para a mesa, uma pilha de panquecas de abóbora e nozes com canela-chinesa, verdadeiro xarope de bordo, bananas descascadas, morangos frescos e um montão de creme de leite. E mais uma porção de queijo de cabra fresco.

Quando Kelly e eu terminamos, meus hábitos de *brunch* aumentaram muito rápido e comecei a sair com dois dos meus bons amigos, Kurt e Evan, quase todo sábado (e às vezes domingo também). Eu tinha feito faculdade com Evan e conheci Kurt por meio dele. Evan era alto e usava óculos, uma mistura de um visual atlético e intelectual que combinava com sua personalidade; já Kurt era magro, com um rosto de menino. Nós ficamos próximos porque compartilhamos as três coisas mais importantes quando se trata de amizade: senso de humor, gosto pela cultura pop e amor por coberturas sazonais de panquecas.

A cada fim de semana que nos encontrávamos, desfrutávamos de guloseimas de café da manhã e falávamos a respeito de relacionamentos, ficadas e sentimentos. Sim, basicamente estávamos agindo como em *Sex and the City*. Como autor e protagonista deste livro, acho que eu sou a Carrie, mas sempre senti mais afinidade com Charlotte. Ou sei lá. Quem sabe, porque eu mal assisti à série. Estava muito ocupado vendo futebol e programas sobre cortar lenha.

De qualquer jeito, foi no *brunch* dos manos que eu anunciei "O Plano".

— Estou fazendo um pacto comigo mesmo de não ter uma namorada por um ano, até depois do Burning Man — anunciei, entre bocadas de torradas com pasta de abacate.

— Isso não parece difícil — Kurt disse.

Nos dois anos desde que o conheci, Kurt não tinha tido nenhuma namorada. Não que Kurt não pudesse conseguir uma namorada — ele era divertido, bonitão e muitas vezes bem-sucedido com as mulheres —, só que não estava interessado; ele estava contente com a vida de solteiro e em passar tempo com a família e com os amigos. Como um criminoso veterano acostumado ao confinamento na solitária, ele zombou do período menor de um ano que eu teria de servir.

Evan era o oposto de Kurt no sentido romântico — ele não queria nada além de estar num relacionamento e tinha uma garota específica em mente. Cerca de um ano antes, Joanna tinha terminado com ele. Então, eles voltaram. Então, terminaram de novo. Então, voltaram mais uma vez. E assim por diante.

Kurt e eu continuávamos a torcer para que Evan seguisse em frente, mas ele não fazia isso, nem quando Joanna se mudou para Salt Lake City. Pensamos que uma distância de mil e duzentos quilômetros seria o golpe fatal, mas Evan não tinha tanta certeza, apontando que a distância não importava quando era Amor Verdadeiro. (Ele dizia coisas assim como se estivesse brincando, mas Kurt e eu sabíamos que havia um fundo de verdade.)

Então, meu objetivo de passar um ano sem uma namorada não os impressionava. Mas isso não significava que não era importante. Não só ia me deixar solteiro para me divertir no Burning Man como também seria uma chance de quebrar o meu padrão de relacionamentos.

Decidi que pular de um relacionamento para o próximo estava me preparando para o fracasso. Quando você está dirigindo, precisa reduzir ao ver um sinal vermelho; relacionamentos devem funcionar do mesmo jeito. Estar em um relacionamento longo e amoroso é como andar na quinta marcha, e eu não estava tendo tempo livre suficiente entre as mulheres para conseguir voltar à neutralidade emocional. Eu deixava o novo relacionamento ficar sério logo de cara, agindo como namorado desde o começo porque eu não sabia ser diferente. Um ano livre me deixaria pronto para começar meu próximo relacionamento do zero.

Eu esperava que essa estratégia me ajudasse a encontrar alguém que não só eu amasse como também seria objetivamente uma boa parceira para a vida. Luxúria e paixão tinham me cegado em relação a incompatibilidades no passado. Para escolher parceiras, eu tinha sido muito dependente de meus "sentimentos", e meu coração tinha provado ser um péssimo navegador, do tipo Cristóvão Colombo, que alegava ter achado a Índia só porque chegou a terra firme. Dada a minha idade, a próxima pessoa com quem eu ficasse sério poderia se tornar minha esposa, então eu precisava escolher com sabedoria. Para fazer isso, criaria uma lista de características que desejava em uma parceira ao longo do meu ano solteiro. Desse modo, teria uma medida para comparar futuras parceiras quando estivesse na agonia do amor.

Kurt deu uma mordida em sua rabanada com marmelada e cardamomo e considerou como responder ao meu caso hermético.

— Então, você vai ficar solteiro por um ano e pensar sobre o que quer em uma parceira. Isso significa que não vai transar por um ano?

— Não, eu vou transar pra caramba — respondi. — Esse é o segundo componente do plano: uma ofensiva de ficadas.

Aos trinta anos, eu tinha feito sexo com sete pessoas, quase todas namoradas firmes. Eu não sabia se isso era muito ou pouco, mas, de qualquer jeito, queria diversificar minhas experiências, fazer sexo casual, rolos ocasionais, relações sem emoção, ficadas, separadas, festas de gala, sessões de beleza, brincar de trepa-trepa e outros eufemismos que posso ter acabado de inventar. Se eu fosse uma mulher branca de meia-idade, aqui seria quando eu comeria, rezaria e amaria. Se eu fosse uma mulher negra de meia-idade, aqui seria quando eu recuperaria meu gingado. Como não sou nenhuma das duas opções, agora seria quando eu semearia selvagemente por aí.

Eu teria novas experiências e sairia com pessoas que normalmente não consideraria. Tudo era possível, tipo sair com uma vegana. Isso não significava que eu planejava me tornar um artista da sedução, alguém que ia pra balada com suas camisinhas de sabores favoritos. Não, meu objetivo era sair com as pessoas respeitosamente, mas sem a expectativa de um relacionamento. Ao ser aberto sobre minhas intenções, eu me envolveria com pessoas que pensassem da mesma forma. Eu seria um mulherengo, mas um daqueles mulherengos legais, que as mulheres adoram.

Evan jogou creme em sua terceira xícara de café (ele tinha um problema) antes de falar.

— Deixe eu ver se entendi: para consertar os problemas de relacionamento que você tende a ter com mulheres, você pretende ter toneladas de relacionamentos com mulheres?

— Exatamente! Em vez de relações sérias e longas, vou ter uma série de relações sexuais sem compromisso. Ao ir contra o meu padrão de namoro normal, vou entender o que quero em uma parceira.

— Não namorar ninguém não seria uma maneira melhor de fazer isso? — Kurt perguntou. — Isso não seria, na verdade, o oposto de monogamia em série?

Ele tinha um bom argumento.

— Mas assim eu não faria um monte de sexo — respondi.

O Plano

1. Ficar solteiro por um ano.
2. Sair e fazer sexo sem compromisso com uma série de mulheres.
3. Não ferir os sentimentos de ninguém.
4. Desenvolver uma lista de características de uma parceira ideal.

5. Ir ao Burning Man e fazer sexo louco do deserto.
6. Usar minha lista de características para encontrar meu par ideal.
7. Viver feliz para sempre com minha esposa perfeita.

Simples, lógico e fácil. O coração tinha tido sua oportunidade com o romance. Era hora de o cérebro tomar conta da festa.

Gostaria de ter um pouco mais de tempo para me preparar antes de explorar a selva do namoro, mas estabeleci um alvo para minha reintegração à natureza: Dias das Bruxas. A festa mais libertina de todas seria uma época ótima para debutar o "Matteson Solteiro". O Dia das Bruxas estava a cinco semanas de distância; nessa época, eu já teria superado Kelly. Ou pelo menos superado o bastante para transar com uma aviadora Amelia Earhart safada ou algo do gênero.

4.

Cisne Negro

A festa era no Park Plaza Hotel, um retrocesso em *art déco* que havia muito tempo tinha deixado de ser um hotel e agora sediava eventos. Entramos no saguão de mármore e o encontramos transformado em um carnaval, porém mal notei o sujeito que atraía o público gritando através de um megafone ou os loucos sobre pernas de pau. Em vez disso, registrei todas as longas pernas carnudas expostas sob saias colegial safadas, decotes escapando de espartilhos pretos de bruxas e braços nus saindo de collants. Eu tinha escolhido um bom momento pra voltar a ser solteiro.

Fui vestido de "caubói morto", todo paramentado com flechas de brinquedo saindo do meu peito, como se tivesse sido alvejado por índios. Imaginei que o traje abraçava o espírito macabro do Dia das Bruxas, mas também era sensual — quem resistiria ao vaqueiro do comercial do Marlboro? Kurt, meu convidado da noite, estava vestido como Glenn Danzig, da banda Misfits, com uma longa peruca preta, tatuagens falsas e uma regata.

Haveria apenas uma coisa ruim do evento... Kelly estaria lá. Tínhamos comprado os ingressos antes do fim do namoro e ela me avisou que iria à festa. Eu temia vê-la, mas pelo menos seria uma boa oportunidade para continuar a minha tentativa de "vencer" a separação.

No pós-relacionamento, o que importa não é se recuperar emocionalmente, e sim vencer, e ganha quem mostrar que está se dando melhor que a outra pessoa, mesmo que não seja verdade. Se Kelly me visse na festa pegando uma Eleanor Roosevelt safada, ela pensaria que segui em frente e eu marcaria muitos pontos no Jogo da Separação, pontos de que precisava, porque, quando você toma o pé na bunda, começa muito atrás.

Depois de uma hora infrutífera no bar, Kurt e eu queríamos tentar um novo lugar, então seguimos para a pista de dança. O lugar estava lotado de gente morta, animais, personagens de filmes, criaturas místicas e profissionais sensuais, todo mundo dançando com os corpos colados uns aos outros e com as cabeças balançando no ritmo da música.

Estávamos assistindo ao show do lado de fora quando vi Kelly. Um choque de energia ardeu através de mim como se meu sistema lute-ou-fuja tivesse reagido à proximidade da fonte de dor. Quando ela me viu, apenas nos encaramos por um momento, chegando a um acordo com o fato de que não poderíamos fingir que não tínhamos nos visto. Acenei discretamente. Ela veio na minha direção. Achei que íamos conversar e agir como adultos. IDIOTA.

Conversamos por alguns minutos, tomando cuidado para focar apenas em Murray, na festa e em quais fantasias eram as mais legais. Tivemos assunto suficiente para preencher três anos de relacionamento, mas agora lutávamos para preencher três minutos. Eu estava ansioso para Kelly partir, de modo que eu pudesse voltar a não conversar com as gostosas da festa.

Ao darmos um abraço de despedida, Kelly violou nosso acordo não verbal de não tocar no assunto da separação.

— Você está bem? Tá tudo bem? É difícil, né? Tem sido difícil. Ah. De qualquer jeito. Difícil. Sim. Tudo bem?

— Sim — respondi. — Estou bem.

Eu a observei sair da pista de dança, sentindo-me feliz por ela estar se afastando, mas triste por estar feliz. A pessoa que eu mais valorizara na minha vida tinha se tornado a pessoa que eu menos queria ver.

———

Fortalecido por mais um uísque com Coca-Cola e com objetivo renovado depois de ter visto Kelly, entrei na pista de dança. Kurt e eu estávamos separados agora, cada um na sua missão. Era quase uma da manhã, o tempo estava acabando.

Depois de algumas músicas, uma mulher vestida de Cisne Negro me chamou atenção. Era a quinta repetição do traje que eu tinha visto — o filme tinha sido lançado naquele ano —, mas a melhor até então. Ela usava uma bela máscara de penas artesanais e um collant preto que mostrava o corpo de alguém que havia feito bom uso do generoso desconto que recebera da academia.

Nós nos orbitamos até que estávamos quase nos tocando.

— Oi — cumprimentei, criativo como sempre.

— Oi.

— Grande festa, né? — Mais material de primeira.

— Sim — ela respondeu com um sorriso.

Tentei dançar mais perto, mas uma das flechas que saíam do meu peito cutucou o peito dela. Minha fantasia estava tendo mais sucesso que eu. Ela riu e eu joguei a flecha fora enquanto me desculpava.

Nós não conseguíamos conversar muito por causa da música alta, então dançamos a maior parte do tempo. Estendi a mão e toquei em seu braço. Ela não tirou o braço, então cheguei mais perto. Minhas flechas e o tutu dela nos impediam de dançar de frente um para o outro, então dançamos quase lado a lado, com nossos quadris se tocando como se estivéssemos fazendo alguma dança dos anos 1950 chamada bate-quadril ou algo do gênero.

A pista de dança se esvaziava aos poucos conforme as pessoas iam para casa, mas nós ficamos até o final. Eventualmente, as luzes do teto se acenderam, revelando um piso cheio de caudas caídas, machados sangrentos e outros pedaços aleatórios de trajes.

— Posso acompanhá-la até a saída? — perguntei.

— Sim.

Enquanto nos dirigíamos para fora, torci para que Kelly ainda estivesse no recinto e me visse sair com alguém. Você só ganha pontos no Jogo da Separação se sua ex vir o placar.

O ar fresco foi um alívio bem-vindo ao sair para a noite. As pessoas estavam de pé e conversavam enquanto esperavam por seus carros. O cheiro de cachorro-quente com bacon, a comida noturna de rua oficial de Los Angeles, preenchia o ar.

— Por aqui — Cisne Negro apontou —, do outro lado do parque.

Peguei sua mão e caminhamos na direção que ela havia indicado. Quando passamos por uma lata de lixo, tirei minhas flechas e as joguei lá de forma que não interferissem no beijo que eu esperava estar prestes a acontecer.

— Meu carro está nesta quadra — ela disse enquanto cruzávamos a rua —, mas podemos dar uma volta no lago.

Ela apontou para um lago abaixo da colina no parque, iluminado pela lua e emoldurado pelos edifícios iluminados do centro de Los Angeles. Por semanas, esperei que esta noite pudesse resultar em um encontro romântico como esse, mas sabia que poderia não acontecer. Embora existam poucas compulsões fisiológicas mais fortes que o desejo sexual, a urgência para urinar é uma delas. Tinham se passado várias horas e várias bebidas desde minha última visita ao banheiro, e minha bexiga se tornara uma verdadeira empata-foda.

— Ah, não, está tarde, melhor ir para casa — comentei. — Mas foi ótimo conhecê-la. Posso te ligar?

— Nos falamos em breve, espero — ela respondeu, enquanto eu adicionava o número dela na agenda do meu celular.

Eu me inclinei para um beijo.

Deveria estar me deleitando com este momento perfeito, um caubói beijando uma bailarina sob a luz pálida da rua, mas, em vez disso, estava focado em não fazer xixi nas calças. A parte de cima do meu corpo estava dedicada a Cisne Negro, mas, sob o cinto, eu estava fazendo a dancinha de segurar o xixi, esfregando os joelhos um contra o outro para manter o controle.

Convencido de que tinha causado uma impressão boa o bastante, me afastei e dei o tradicional adeus de Los Angeles: "Dirija com cuidado" (que, na verdade, significava "Boa sorte em dirigir sob efeito de álcool").

Logo que o carro dela sumiu de vista, corri até a árvore mais próxima do parque, lutando para segurar. A calça esquisita que eu usava se provou difícil de lidar (como as pessoas iam ao banheiro no Velho Oeste?), mas consegui não mijar nela.

De volta à saída da festa, encontrei Kurt sentado com uma garota vestida de Mística do *X-Men*, com o corpo e o rosto cobertos de tinta azul, e um pouco da tinta sujara o queixo de Kurt. Nós dois tínhamos sido bem-sucedidos na noite.

Quando cheguei em casa, tirei a roupa de caubói e fui direto para a cama, mas, antes de dormir, olhei o contato de Cisne Negro. Tinha um número de telefone. Tinha beijado uma garota. Tinha conseguido.

Bati na porta de Cisne Negro para o nosso primeiro encontro e só então percebi que não tinha visto o rosto dela sem a máscara. E se ela tivesse um corpo lindo, mas o rosto igual ao de Paul Giamatti? Meu coração começou a bater em retirada, mas era tarde demais para dar pra trás.

A porta se abriu e lá estava uma mulher que não se parecia em nada com o grande ator americano. Sua pele branca como porcelana, suas características faciais angulares e seu cabelo precisamente repartido davam-lhe uma qualidade fina, como se ela fosse das castas superiores da aristocracia francesa.

Fomos até uma pizzaria artesanal em Echo Park, um bairro da moda em Los Angeles. Quando entramos no recinto, ela expressou sua aprovação.

— É um lugarzinho incrível — observei, sem mencionar que era a minha primeira vez ali e que eu tinha encontrado o restaurante após somente duas horas de pesquisa na internet. Nenhuma mulher jamais dissera: "Suas habilidades de encontrar coisas no Google me deixam molhadinha."

A conversa fiada do primeiro encontro era muito mais difícil do que eu esperava. Nós conversamos sobre trabalho — ela possuía um emprego. Falamos sobre filmes — ela os tinha visto. Conversamos sobre infância — ela fora uma criança. Longos períodos de silêncio pontuavam cada tópico enquanto eu lutava para encontrar algo mais a dizer. O nosso estranhamento me lembrou que não estávamos neste encontro por causa da compatibilidade de personalidade. Ela ficava bem de collant e eu tinha ficado bonito como caubói, por isso estávamos ali comendo pizza superfaturada.

No fim do jantar, o garçom entregou a conta, e eu a peguei, todo cavalheiro. Com aperitivos, bebidas, entradas, sobremesa, impostos e gorjeta, o total chegou a 100 dólares. Eu não tinha considerado o quanto custaria sair por aí. Será que o banco aprovaria um pequeno empréstimo para eu conseguir transar?

Voltamos para a casa dela e nos beijamos na porta, na hora da despedida, mas foi um beijo apropriado, correto, sóbrio, beijo de primeiro encontro, bem menos apaixonado do que o que demos no Dia das Bruxas. Voltei para o meu apartamento sabendo que faltava "algo" ali. Nós éramos adultos educados e atraentes, mas não tínhamos muita química. Ainda assim, tinha sido ok... Eu não estava procurando uma namorada. Queria me divertir. E com "diversão" queria dizer "sexo".

Nossos próximos dois encontros foram variações da primeira conversa empolada durante o jantar, seguido por beijos rápidos no fim da noite. No terceiro encontro, ela me convidou para o seu apartamento, mas nós ficamos próximos da porta, nos beijando de pé e de casaco. Com a minha taxa de progresso, nós passaríamos, pelo longo corredor até o quarto dela lá pelo encontro 19, quando eu já estaria falido. Se quisesse sexo casual, Cisne Negro era a pessoa errada para eu sair, mas, dedicado ao meu plano, assim mesmo acabei convidando-a para sair de novo.

Poucas horas antes do nosso quarto encontro, recebi uma mensagem de texto:

Desculpe cancelar em cima da hora, mas conheci alguém recentemente e quero ver em que isso vai dar, então acho que seria inapropriado sair com você esta noite.

Eu tinha tomado um pé na bunda! Ou como quer que chamem quando uma pessoa com quem você saiu três vezes decide que não quer mais te ver. Dispensado? Era assim que eu me sentia. Devido a uma redundância na minha posição, eu estava sendo dispensado.

De não dormir com alguém até dormir no ponto, minha primeira aventura no mundo do sexo casual tinha sido praticamente um fracasso total. Tinha sido tão banal que eu não chegara a ter a chance de lhe dizer que não queria nada sério.

Apesar do golpe contra o meu ego, estava grato por ela ter me contado isso antes do encontro e feliz que tivesse me escrito em vez de ligado. Em um relacionamento sério, uma conversa frente a frente para a separação é necessária — você não manda uma mensagem dizendo *Partiu Divórcio. Meu advogado vai te mandar o acordo de pensão alimentícia...* Mas, em uma relação rápida e casual, a mensagem de texto é o jeito certo. É a morte instantânea por uma bala no cérebro, em vez do sofrimento prolongado de um enforcamento.

Escrevi de volta:

Entendo perfeitamente. Obrigado por ser sincera. Boa sorte.

Com o período de teste acabando, eu estava pronto pra levar a sério saídas sem seriedade. Não aconteceria outro Dia das Bruxas até o ano seguinte, entretanto, eu precisava de uma nova fonte para encontrar mulheres. Era hora de procurar na internet. Eu tinha sido rejeitado por uma mulher, mas sabia que, com o poder da internet, poderia ser rejeitado por MUITAS mulheres.

5.

Ok, Cupido!

Meu primeiro encontro com uma pessoa da internet foi com uma mulher chamada Angela. O perfil dela, cheio de referências a *podcasts* e histórias em quadrinhos, sugeria que pertencia ao filo "nerd gatinha", e a aparência combinava. Ela tinha longos cabelos castanhos, um sorriso tímido e usava muitos cardigãs que, de algum jeito, ficavam muito bem nela em suas fotos de perfil.

Depois de trocarmos algumas poucas mensagens, nos encontramos para um drinque na sexta à noite. Durante a primeira hora, o encontro foi agradável, ou até digno de nota, mas então, no meio de uma discussão a respeito da HQ *Y: O último homem*, houve uma pausa na conversa e mantivemos contato visual, o que nos levou a nos beijarmos furiosamente bem ali nos nossos banquinhos. Enquanto nos beijávamos, seu polegar acariciou a parte interna da minha coxa, e eu coloquei minha mão nas costas da camisa dela.

Normalmente, eu não praticava esse tipo de manifestação pública de afeto, mas ninguém naquele buraco de Hollywood parecia se importar. O grupo sentado atrás de nós estava muito ocupado com o revezamento que faziam até o banheiro para cheirar cocaína, além disso, qualquer coisa que Angela e eu estivéssemos fazendo era pouco em comparação com a octogenária em um casaco de pele dublando "I'm Every Woman", música que saía do jukebox.

Depois de uma hora alternando entre conversar e beijar, saímos do bar e fomos ao carro dela. Embora estivesse estacionado a apenas três quadras, a caminhada levou 45 minutos porque ficávamos parando para nos beijar. Foi durante uma dessas sessões apaixonadas, uma contra a janela de uma loja fechada do Subway, que pensei: *Encontros pela internet são demais!*

No nosso segundo encontro, Angela veio ao meu apartamento para tomar um drinque antes do jantar. A combinação de um cachorrinho bonitinho e um coquetel batido a mão provaram ser afrodisíacos poderosos — estávamos nos pegando antes que ela terminasse o Manhattan dela.

Isso teria sido emoção suficiente para mim, mas nós não paramos por aí. Fomos para o quarto e transamos antes mesmo de sair para jantar. Sexo *antes* do encontro. Era um conceito que eu não tinha experimentado antes, mas logo percebi seus méritos: era como sexo depois do encontro, porém mais cedo.

Fazer sexo com uma nova parceira é excitante, porém estranho. Ficar íntimo de alguém além de Kelly era a última evidência de que nosso relacionamento tinha mesmo acabado, e perceber aquilo me deixou triste de verdade. Não triste o bastante para parar de transar, mas, ainda assim, um pouquinho triste. Apesar da minha melancolia, o sexo foi bom, porque é como diz o ditado: "Sexo é como pizza, mesmo quando é ruim, você ainda tem um orgasmo." (Talvez eu tenha entendido um pouco errado. Sei lá. Gosto muito de comer pizza.)

— Obrigada por não esperar até depois do jantar — disse Angela. Estávamos deitados lado a lado no pós-coito.

Ela estava *me* agradecendo? Pelo sexo? São os homens que deveriam agradecer as mulheres pelo sexo, e não o contrário, certo? Quando era adolescente, eu acreditava que sexo era algo que conseguíamos das mulheres, um presente que elas concediam, uma vez que o homem tivesse se provado digno e com intenções nobres. Essa visão do sexo tinha permanecido mais ou menos intacta até a minha vida adulta. Embora eu soubesse que mulheres curtissem transar, sentia que homens queriam mais, o que significava que era preciso tempo e habilidade para conseguir, como uma reserva em um restaurante disputado.

Só que eu não tinha "conquistado" o sexo com Angela. Ela queria transar tanto quanto eu, e o meu desejo a lisonjeava. Não houve conversa sobre ser "muito cedo" ou o que "significava". Nós queríamos transar, então transamos. Eu não tinha imaginado que sair casualmente seria tão simples.

Depois do jantar, voltamos ao meu apartamento e transamos de novo.

— Acho que eu devia ir embora — ela disse, já pegando as roupas.

— Você é bem-vinda para passar a noite.

— Sério? Você está me convidando para passar a noite aqui?

Era apenas um gesto educado, com a intenção de evitar que ela tivesse que dirigir até sua casa às duas da manhã. Contudo, pela expressão na cara dela, pareceu que eu tinha oferecido o último gole de água no meio do deserto. Se simples educação impressionava as mulheres, eu me daria bem.

Estávamos pegando no sono quando Angela chegou perto para um carinho. Congelei. Ter sua cabeça apoiada no meu ombro fazia eu me sentir mais íntimo dela do que a relação sexual. Quando já tinha passado tempo suficiente, eu me afastei e virei de costas para ela, livre para adormecer no meu lado da cama com meio metro de lençóis entre nós. Eu recomendo uma cama *king-size* para quem for se embrenhar no mundo do sexo casual.

    Angela e eu saímos mais uma vez, mas nenhum de nós deu seguimento. Acho que ambos sabíamos que não ia dar em nada. Não houve término nem necessidade de explicar por que a relação tinha parado, pois não havia uma "relação". Nós compartilhamos algumas noites agradáveis juntos e seguimos em frente, sem ressentimentos. Em outras palavras, encontros pela internet eram muito bons.

Embora Angela tenha sido a primeira pessoa com quem eu saí pela internet, ela não foi a primeira pessoa para quem eu mandei mensagem. Essa honra pertence a uma mulher com a cara da Audrey Hepburn e com apelido virtual de LE-GAL81. Diferente de seu apelido digno de suspiro (ela era advogada), o perfil dela era tão bonito quanto a sua foto. Ela amava *frozen yogurt*, cachorros e caminhadas. Eu tinha um cão! De vez em quando, eu fazia caminhada! Depois de tomar um *frozen yogurt*! Eu tinha encontrado o meu par perfeito.

    Fiquei obcecado com o perfil dela, visitava-o várias vezes ao dia e passava de forma compulsiva pelas fotos. Escrevi e reescrevi minha mensagem, aperfeiçoando minha hilária anedota (que não era hilária) que aconteceu no supermercado. Depois de talvez nove rascunhos, mandei a mensagem para minha garota digital dos sonhos. Não me incomodei em escrever para mais ninguém porque namoro pela internet já tinha cumprido sua função, arrumando para mim o meu verdadeiro amor. O site OkCupid pode ter nos considerado com uma compatibilidade de 84 por cento, mas o universo nos tinha colocado em 100 por cento.

Linha do tempo de pensamentos depois de mandar a mensagem pelo site de namoro

1º dia: Claro que ela não respondeu. Uma resposta imediata ia parecer desespero.
2º dia: Ela quer me responder, mas está ocupada. Isso é bom. Estou FELIZ que ela ainda não respondeu... Significa que ela tem uma vida.
3º dia: Ela provavelmente está subjugada pela bela prosa na minha mensagem e ficou tocada com a incrível ligação que temos no que se refere a sabores favoritos de sorvete. Precisa de tempo para elaborar sua resposta porque quer fazer do jeito certo.
4º dia: Não importa que ela ainda não respondeu. Nosso relacionamento vai durar por anos, então quem se importa com um atraso de poucos dias?
5º dia: QUAL É O PROBLEMA DESSA GAROTA?!

LE-GAL81 nunca me respondeu e eu reagi mal à rejeição. Certamente ela encontrou algo falho no meu perfil e, por extensão, na minha pessoa. Uma semana se passou antes que eu enviasse mensagens para outras mulheres, mas minha disposição logo voltou ao normal quando recebi uma resposta de uma bela garota hispânica. Ela tinha um cabelo longo e volumoso, pele bronzeada e um sorriso perfeito. Mas havia uma pegadinha. A garota hispânica era a ex-namorada de Evan. Milhões de garotas on-line e eu mandei mensagem bem para a ex do meu amigo. Laura (pronunciado com um *r* hispânico enrolado) tinha, na verdade, feito faculdade comigo e com o Evan (eles ficaram juntos no último ano), mas eu não tinha percebido quem era ela porque não tínhamos nos visto por quase uma década. Ela não me reconheceu, também, até que eu mencionei onde tinha estudado.

Nossa, cara. Estudei lá também e nós nos conhecemos! Você namorou a Maria, que estava na minha classe, eu saía com o Evan. Isso é tão estranho. Haha! Percebe? Isso é alguma piada do Evan? Ou você também não me reconheceu?

— Namorando pela internet há um mês e você já está mandando mensagens pras minhas ex-namoradas — Evan me repreendeu quando nos encontramos.

Eu lhe garanti que não convidaria Laura para um encontro. Era uma pena porque nossa troca de mensagens inicial tinha sido promissora, mas a cara de alívio dele me mostrou que fiz a escolha certa. Não só Evan e Laura tinham namorado como continuavam amigos próximos. Era compreensível que ele não quisesse duas das pessoas mais íntimas dele saindo juntas.

Entrar em contato com Laura trouxe algo bom, contudo. Uma vez que se estabeleceu que nós não íamos sair, Laura e eu podíamos falar abertamente sobre nossas experiências de namoro. Ouvir a perspectiva de uma mulher ajudava.

Ela me contou que às vezes recebia DEZENAS de mensagens por dia, muitas delas curtas, vulgares e gramaticalmente incorretas. (Qual é, caras, não é *Quero TRANZAR com você*.) Laura às vezes ficava tão frustrada que apagava toda a sua caixa de entrada e começava do zero.

Esta informação me ajudou a entender que ser rejeitado, ou, mais precisamente, ser ignorado, era a regra no namoro on-line, por isso não deveria levar pro pessoal. O fracasso de obter respostas às mensagens enviadas à LE-GAL81 provavelmente tinha mais a ver com o próprio processo do que comigo. Talvez ela não tivesse respondido porque estava dando uma pausa em sair por aí. Talvez apagara acidentalmente minha mensagem. Talvez ela não soubesse ler.

Com esse conhecimento, veio a coragem. Comecei a procurar perfis o tempo todo, e, quanto mais tempo eu gastava na internet, mais eficiente eu ficava em encontrar bons pares. Logo, já podia determinar o nível de atração de uma mulher baseado apenas na miniatura da sua foto de perfil. É triste que essa habilidade impressionante não tenha nenhuma aplicação no mundo real. *Sabemos que terrorista é a pessoa mais atraente dentre esses três suspeitos, mas só temos essas fotos 3×4 para identificá-los, você pode nos ajudar, Matteson?*

Comecei a gostar do processo. O OkCupid era como o Facebook, só que, em vez de ver ex-colegas do ensino médio de quem eu não gostava, eu via perfis de mulheres que teoricamente fariam sexo comigo. Eu considerava isso um *upgrade* significativo em relação ao Facebook.

Depois da catástrofe da LE-GAL81, passei a mandar só mensagens curtas. Eu não ia perder tempo em uma missiva que poderia desaparecer em meio a mensagens como *"Amei seus peito, quer fodê?"*. A nota não precisava fazer a mulher se apaixonar por mim nem comunicar a essência do meu ser; só precisava ser intrigante o bastante para direcioná-la ao meu perfil. Algumas vezes, eu simplesmente mandei *Você me curtiu? Diga sim ou não*, e isso recebia uma resposta. Eventualmente, meu método de quantidade em vez de qualidade funcionou, foi assim que terminei na Vila da Pegação com Angela, um sucesso que mostrou ser um sinal do que estava por vir.

6.

A conversa

Há uma lista que você pode usar para determinar se o encontro está indo bem.

- Ela está sentada perto de você?
- Ela está rindo das suas piadas?
- Ela está tomando a iniciativa para contato físico?
- Ela está acordada?

Eu tinha ticado os três primeiros com um floreio, mas não o quarto. Logo depois da nossa segunda rodada de bebidas ter chegado, a cabeça de Bridget caiu para a frente como se ela fosse um caminhoneiro que ficou sem velocidade. Uma recuperação rápida provou que ela não tinha desmaiado nem tinha sido "enfeitiçada". Ela tinha acabado de adormecer. No meio do nosso encontro. Durante o clímax de uma história. E era uma boa história! Outra garota tinha achado bem interessante. Ainda assim, a história tinha enchido o saco de Bridget até ela ficar inconsciente.

— Me desculpe — ela falou —, tem sido uma semana agitada no trabalho e o vinho subiu um pouco para a minha cabeça. Você não estava sendo chato nem nada.

— Ah, tudo bem — eu disse, dando o meu melhor para esconder meu ego contundido.

Não houve um beijo de boa-noite, apenas mais pedidos de desculpa. Supus que não haveria um segundo encontro — a não ser que Bridget estivesse sofrendo de insônia —, mas ela me mandou uma mensagem no dia seguinte e perguntou quando poderíamos sair de novo.

Para o nosso segundo encontro, perguntei se ela gostaria de ir a uma caminhada por Malibu, que fica a cerca de quarenta minutos de Los Angeles. Depois que perguntei, percebi o quão potencialmente desconcertante essa sugestão de encontro poderia ser. *Ei, sei que você mal me conhece e que tem uma propensão a cair no sono, mas por que não vamos a uma longa viagem de carro para fora da cidade e depois passear a pé em uma região selvagem onde ~~ninguém pode ouvir você gritar~~ podemos curtir o ar livre?* Eu sabia que não ia dar uma de assassino serial para cima dela, mas ela não sabia disso. Mesmo assim, Bridget concordou, talvez pensando que o único perigo que eu oferecia era de entediá-la até a morte.

O encontro acabou durando quase oito horas, metade das quais nós gastamos no trânsito terrível de LA. Mas Bridget, Murray e eu nos divertimos mesmo assim. Uma vez de volta a Los Angeles, sugeri que fôssemos para o meu apartamento, onde eu poderia fazer um jantar para ela. Ela concordou. (NOTA: Se um cara se oferece para cozinhar, não é porque ele é um chef aspirante, e sim porque a cozinha fica mais perto da cama dele.)

A tática funcionou. Antes que eu pudesse sequer colocar a água para ferver, nós já estávamos no meu quarto, com Bridget no controle. Sua sexualidade era ousada de uma maneira que eu ainda não tinha experimentado. Ela me instruiu onde e como ela queria ser tocada; as ações dela indicavam que os meus desejos estavam em um distante segundo lugar para ela. Não fiz nada mais do que dizer "Sim, senhora!" e agir como me era ordenado até que Bridget terminou fazendo muito barulho. Só aí foi minha vez. Quando eu a alcancei, ela já estava pronta para começar de novo.

Eu já falei que encontros pela internet são demais?

Nas semanas seguintes, saí com Bridget mais algumas vezes e nossa compatibilidade na cama chegou ao ponto em que logo teríamos que ter A Conversa.

A Conversa é quando você define o que está buscando em um relacionamento, como se sente e se você quer um lance exclusivo. Eu temia fazer esse discurso, pois não tinha boas notícias para dar. Queria continuar a me encontrar (e transar) com Bridget, mas não queria ser seu namorado e tinha certeza de que isso a magoaria. Afinal, nós tínhamos tido diversos encontros agradáveis, e eu sou maravilhoso... Como ela não estaria apaixonada por mim? Eu teria de ser delicado durante A Conversa para me certificar de que ela não iria se jogar de uma ponte ao saber que não poderia ficar comigo.

Porém, antes que tivesse a chance, Bridget teve A Conversa comigo. (Isto aqui é mais ou menos a transcrição da nossa discussão on-line, com meus pensamentos acrescentados entre parênteses.)

Bridget: *ei*
Eu: *Oi.*
Bridget: *acho que devíamos ir um pouco mais devagar. Estamos nos divertindo muito, mas eu também estou saindo com outras pessoas.*

(Ok, então ela não estava escolhendo as flores para o casamento.)

Eu: *tudo bem*
Também estou

(Não fique tão orgulhosa. Eu também estou jogando. E jogadores jogam.)

Bridget: *legal*

(Bem, isso parece um pouco condescendente.)

Bridget: *nós começamos a nos conhecer melhor antes do que eu costumo fazer, mas gostaria de deixar as coisas assim por enquanto.*

(VOCÊ está ME deixando tão cedo? Era exatamente isso que eu ia fazer!)

Eu: *Não sei se isto torna as coisas mais fáceis, mas não estou procurando nada sério. Apenas gosto da sua companhia.*
Bridget: *hmmm*
Estou pensando. Hahaha
Eu: *Se você está ficando sério com alguém, ou se não estiver interessada, sem problema*
mas se você estiver preocupada com o fato de que eu esteja tentando namorar com você, não fique.

(Não precisa se preocupar comigo. Eu sou o sr. Solteirão Despreocupado.)

Bridget: *estou só pensando que sair por aí é legal, e, se não tem que ser algo mais sério, então talvez nós ainda possamos sair. Estou em um "relacionamento aberto".*

(Olha só, a verdade apareceu.)

Eu: Ah. Então você tem um namorado principal, mas vocês têm um relacionamento aberto?
Bridget: *Se tornou isso, sim.*
Bem, eu não sei.

(Será que o namorado dela sabia que era um relacionamento aberto?)

Eu: *Veja, sou uma pessoa tranquila e aberta.*

(Puxa, começar uma frase com "veja" faz parecer que estou recrutando para algum tipo de religião, e terminar com "eu sou uma pessoa tranquila e aberta" faz parecer que orgias são uma parte importante dessa religião.)

Eu: *Eu gosto de estar com você.*
E gosto de transar com você.
Bridget: *Sim, nós somos bem bons nisso.*

(Inflou meu ego! Saia comigo ou não saia, não ligo... você disse que eu sou bom de cama. Isso era tudo de que eu precisava.)

Eu: *Acabei de sair de um relacionamento sério há alguns meses, então não estou querendo ser o namorado de ninguém no momento.*

(Garota, eu sou um lobo, você não pode me domesticar!)

Bridget: *Ok.*
É, eu curto nossos encontros, e esse também é o meu objetivo agora.

Ser aberta em relação ao meu relacionamento... isso pode funcionar.
Eu: *Legal. Sério, não se estresse.*

(Argh, soei como um orientador que quer que seus alunos pensem que ele é legal.)

Eu: *O que te deixar mais confortável...*
Embora eu gostaria de ser bom de cama com você de novo em breve.
Bridget: *hahaha*
Ok, faremos isso em breve.
Bem, preciso ir.

Então, pela primeira vez na minha vida, eu tinha uma "amiga de foda".

A cada três ou quatro semanas, nós ficávamos, comíamos juntos ou víamos um filme, e transávamos. Esse acordo parecia mágico pra mim. Eu sabia que não precisava "merecer" mais o sexo (obrigado, Angela), mas eu ainda meio que pensava, lá no fundo, que as mulheres queriam mesmo um relacionamento sério. Elas podiam dizer *"Vamos devagar"*, mas isso, na verdade, significava *"Espero que este seja o cara que finalmente vai colocar um bebê na minha barriga!"*. Claro que eu estava errado. Bridget queria o mesmo relacionamento casual que eu.

Bridget e eu ficamos à vontade um com o outro e podíamos conversar a respeito das outras pessoas com quem estávamos saindo e dar conselhos. Em um fim de semana, eu até a levei de carona para um encontro. Passamos o sábado à noite juntos e, de manhã, eu a levei à Feira de Produtos Orgânicos, um clássico de Los Angeles, onde ela encontraria outro cara. Chegamos um pouco cedo, e encontrei minha amiga Kathy.

— E quem é essa? — Kathy perguntou depois que Bridget foi embora.

— Uma amiga.

— Amiga, é?

— Sim...

— Qual é — ela disse. — Vocês dois estão com cara de sexo selvagem. Vocês acabaram de foder atrás da barraca de milho, tipo, há uns cinco minutos? — Kathy, uma garota com vinte e poucos anos, praguejando como alguém quatro vezes mais velho e duas vezes mais bêbado.

— Não. Foi trinta minutos atrás, na minha cama.

— E para onde ela foi agora?

— Ela tem um encontro.

— Oh, seus promíscuos — ela disse e balançou a cabeça. Kathy e o namorado dela, Jason, tinham me conhecido quando eu era o cara legal monogâmico, por isso essa minha nova versão os surpreendia.

— E você não se importa que ela esteja saindo com outra pessoa?

— Não. Ela sabe que eu estou saindo com outras pessoas também. Nós apenas somos sinceros sobre esse assunto.

— Bem, veja só se vocês não são uns malditos adultos.

Kathy estava tirando com a minha cara, mas eu me SENTIA mesmo como um maldito adulto. Em alguns aspectos, meu relacionamento com Bridget parecia ser o mais maduro da minha vida até então. Não havia comunicações cifradas, cutucadas sarcásticas, decepções ou ciúmes. Nós éramos duas pessoas que gostavam de fazer sexo uma com a outra e não fingíamos ser nada mais que isso. Era simples e sincero, o que não aconteceu em alguns dos meus relacionamentos "reais" anteriores. Eu agora via que, com a pessoa certa, A Conversa não precisava terminar o relacionamento. Essa coisa sincera, eu percebia, poderia ser louca o bastante pra funcionar.

———

Na ocasião seguinte em que vi Kurt e Evan, fiz um relatório do meu progresso positivo.

— O Plano está funcionando... Estou fazendo sexo casual e ainda não arrumei uma namorada nem uma DST.

— Ainda — Kurt retrucou —, você ainda não arrumou uma DST.

— Não desista, amigo — Evan disse —, você vai conseguir uma doença venérea logo.

Quando nossa comida chegou, devotamos um minuto para os nossos rituais, cortar ovos, passar manteiga, pingar molho picante. Dei algumas mordidas nas minhas batatas rústicas (a versão *brunch* das batatas fritas) antes de olhar para Evan.

— Certo, então conta pra gente como foi em Salt Lake City.

Ele tinha voltado recentemente de uma visita à sua ex, Joanna. Evan deu um gole dramático no café.

— Começou muito bem. Os dois primeiros dias foram incríveis. Então, na última noite, ela ficou toda estranha e distante. Disse que estava sobrecarregada pela minha presença lá.

— Então, vocês voltaram? — Kurt perguntou.

— Sabe, nosso relacionamento é muito complexo para classificar. Estamos apenas tentando deixá-lo ser o que é.

— Nada? — questionei.

— Não espero que uma vagabunda como você entenda algo tão profundo quanto o que Joanna e eu temos.

Ele estava meio que brincando, mas também estava meio certo; eu não entendia o que Evan tinha com Joanna. O término dele tinha sido muito diferente do meu. Eles estavam (basicamente) separados por quase um ano e Evan não saía com mais ninguém. Fazia apenas alguns meses que estava sem Kelly, e já tinha transado com muitas mulheres, o que significava que eu inquestionavelmente a tinha superado. Seu pênis não funciona direito se você não superou sua ex. Isso é biologia.

7.

Encontrando a ex

Depois de um agradável jantar, Sonya — a garota com que estava saindo — e eu fomos assistir a uma comédia. O homem que recolhia os ingressos me parecia familiar, mas eu não conseguia me lembrar de onde o conhecia. Sem querer insultá-lo, agi de forma genericamente amigável, pois imaginava que o nome dele ia aparecer na minha cabeça a qualquer momento.

— Legal ver você, cara — eu disse. — Como vai?

— Hã, bem — ele murmurou. Conforme ele apertou minha mão, seus olhos se arregalaram e seu sorriso caiu um pouco. O medo sutil que havia nessa resposta movimentou minha memória. Eu estava apertando a mão do novo namorado de Kelly.

Três meses depois que Kelly e eu terminamos, tropecei (procurei ativamente) na página dela no Facebook e vi que ela estava "Em um relacionamento" com um cara chamado Ryan. Estar "Em um relacionamento" no Facebook não significava que você tinha saído uma vez ou por algumas semanas, queria dizer um comprometimento real e exclusivo. As pessoas dizem "eu te amo" com mais tranquilidade do que mudam seu status na rede social. Se Kelly tinha atualizado o Facebook dela tão rápido, significava que a nova relação devia ter começado logo depois que nos separamos. Ou até mesmo antes.

Ryan fazia parte do grupo de novos amigos da Kelly com que frequentemente ela ficava na farra a noite toda durante o fim do nosso namoro. Embora ele fosse mais amigo da Kelly do que meu, eu o conhecia, nós até tínhamos feito comédia de improviso algumas vezes juntos.

Certa noite, nessa época, quando tentei me encontrar com Kelly depois do trabalho, ela estava demorando para responder mensagens de texto, era vaga a respeito de onde estava e não atendia ligações. Parecia que estava me evitando. Finalmente, depois que passei uma hora jantando sozinho em um restaurante, recebi um endereço de onde ela estava.

Eu esperava encontrar um grupo no bar, mas era apenas ela e Ryan. Eles estavam sentados perto um do outro na mesa e riam alto de um "esquete" que estavam fazendo. Eles tentaram descrever a piada, mas a explicação sempre acaba com o humor, então me tornei Matteson, o Destruidor das Risadas.

A música alta me impedia de ouvir direito do outro lado da mesa, mas eu podia ver, pela linguagem corporal, que a conversa estava indo muito bem. Mais ou menos na metade do meu segundo drinque, me ocorreu: *Estou de penetra no encontro da minha namorada.* Apesar de ser o namorado, eu era a vela. Surpreendentemente, o primeiro sentimento que senti foi o de culpa. Eu me senti mal por interromper. *Estas crianças loucas estavam se divertindo antes de eu colocar corda no bloco!*

Quando voltamos para casa, perguntei a Kelly se estava rolando algo entre ela e Ryan. Ela negou, respondeu que eram apenas amigos.

— Então, por que eu senti que estava atrapalhando um encontro?

— Não era um encontro.

— Um cara e uma garota saindo para jantar e tomar umas. Isso que é um encontro. Vocês estavam tendo um encontro.

— Eu estava com um amigo. Não seja tão controlador. A maneira como você estava agindo no bar foi constrangedora.

Nosso relacionamento deveria ter terminado naquela noite. Eu deveria ter forçado mais para descobrir o que estava rolando entre os dois e, mais importante, entre nós. Isso teria levado à verdade de que nosso relacionamento estava ruindo e nós teríamos terminado. Era isso que deveria ter acontecido. Contudo, eu imediatamente recuei e pedi desculpas. Controlador, ciumento, de dar vergonha? Esse não era eu. Eu não era um chauvinista que não deixaria a namorada ter amigos do sexo masculino. Não, eu era um cara legal que sempre entendia e nunca fazia cena. Em vez de lutar por como me sentia de verdade, varri meus sentimentos para baixo do tapete e nosso relacionamento continuou por mais um mês sofrível.

Quando vi o status atualizado, eu me senti inocentado. EU ESTAVA CERTO... Havia algo acontecendo! Eu não era um namorado louco, paranoico e controlador; tinha reagido de forma adequada a uma situação social estranha. O limite era bem tênue, entretanto, e eu rapidamente fiquei chateado. Enquanto nosso namoro degringolava, Kelly já estava começando um novo com Ryan. E eu não podia dizer que isso me surpreendia. Afinal, tínhamos ficados juntos da mesma forma: nosso relacionamento floresceu enquanto seu anterior se deteriorava.

Eu estava no meio da segunda rodada de aperto de mão antes de perceber o que estava acontecendo. *Oh, espera, eu não deveria estar apertando a mão desta pessoa. Eu o odeio e isso é superestranho!*

Puxei minha mão, e um silêncio desconfortável se seguiu quando Ryan e eu medíamos um ao outro. Para acabar com a tensão, ele se virou para um colega de trabalho e disse:

— Este é Matteson. Costumávamos improvisar juntos.

Sim, essa é a ligação entre a gente: a comédia de improviso que fazíamos juntos, e não o fato de você estar COMENDO MINHA EX-NAMORADA.

Ryan rasgou nossos bilhetes e Sonya e eu subimos as escadas do teatro. Quando já estávamos longe, contei-lhe o que havia acontecido.

— Pensei que ele fosse seu amigo, você parecia tão feliz em vê-lo — Sonya comentou.

— Não me lembrei direito de onde o conhecia até já estar apertando a mão dele.

— O bom é que agora você parece um cara bem durão.

Ela estava certa. Eu, o antigo amante rejeitado, não tinha dado para trás quando encontrei o novo namorado. Não, eu o cumprimentara com o sorriso e o aperto de mão de um apresentador de TV. Eu era um cara que vivia e deixava viver, muito feliz com a vida para odiar o novo namorado da minha ex. Claro, eu tinha me comportado assim por causa da minha falta de memória, mas tanto Ryan quanto Kelly não sabiam disso, o que significava que eu tinha ganhado alguns pontos no Jogo da Separação. (Eu ainda estava MUITO atrás.)

Sonya e eu tomávamos vinho à mesa de bebidas quando meu telefone vibrou com uma mensagem de Kelly:

Ryan me contou que você está no show. Eu já planejava ir e estou a caminho. Só queria te avisar.

— Então, sabe o cara que é o novo namorado da minha ex? — falei para Sonya. — Bem, ela me escreveu agora. Ela está vindo para cá também.

— Pelo menos, você veio acompanhado, né?

— É verdade.

Tenho certeza de que encontrar minha ex-namorada não era o que Sonya tinha imaginado para o nosso primeiro encontro. Tínhamos nos conhecido on-line, mas não por meio de sites de namoro. Eu a tinha ouvido em um podcast, e uma pesquisa no Google mostrou que ela era tão bonita quanto a adorável voz dela fazia crer. Pelo Twitter, descobri que ela morava em Chicago, mas ficaria alguns meses em Los Angeles a trabalho, então mandei um tweet contando que a tinha adorado no programa e prossegui com: *Vi que você vai estar em Los Angeles. Se precisar de alguém para lhe mostrar as redondezas, adoraria ser seu guia.*

Eu me arrependi imediatamente de mandar a mensagem. Fazer a oferta em um ambiente público tinha sido besteira. Se qualquer coisa acontecesse com Sonya nos próximos seis meses, as autoridades vasculhariam as redes sociais dela e eu me tornaria um suspeito. A mensagem poderia muito bem ter sido assim: *Vi que você vai estar em Los Angeles. Se quiser passar um tempo sequestrada e vivendo em um poço que eu cavei no meu porão, adoraria ser o seu sequestrador. Mal posso esperar para cheirá-la!*

Assim como Bridget tinha me surpreendido com um sim, Sonya fez o mesmo. Essa coisa de chamar as garotas para sair não era tão difícil quanto eu pensava. Sonya tinha me avisado que os amigos e a família dela, e possivelmente uma turba de pistoleiros, sabiam quem eu era e onde eu vivia, então haveria represálias se eu acabasse me revelando um canibal. Se ela soubesse que iria encontrar minha ex-namorada no nosso primeiro encontro, poderia ter preferido virar churrasco.

Alguns minutos depois que o show começou, vi Kelly escorregar em um assento do outro lado da sala. Dei várias puxadinhas no peito da minha camisa, ventilando o ar na minha barriga, na tentativa de enfrentar o calor intenso que senti ali. A sensação de náusea não era muito diferente da que ocorre no início de um namoro. Quão poético o meu corpo delimitar nossa relação com enjoos...

Durante o intervalo, Kelly veio nos cumprimentar. Ela torcia nervosamente a taça de vinho enquanto conversávamos, o que me deixou feliz. Apresentei Sonya, e as duas caíram na rotina "ei-prazer-te-conhecer", suas vozes cada vez mais agudas à medida que se esforçavam para provar quem era mais amigável. Por sorte, o intervalo não foi longo, então não conseguimos conversar sobre nada além de Murray. Graças a Deus pelo cachorro, senão não teríamos nada do que falar.

— Decidi que não gostei dela — Sonya disse assim que voltamos aos nossos assentos.

Eu decidi que gostei de Sonya.

Quando o espetáculo terminou, fomos em direção à saída. Kelly estava numa conversa do outro lado da sala, então escapamos sem despedidas embaraçosas. Mas não conseguimos evitar Ryan, que estava parado perto da porta, segurando um saco de lixo. Eu não queria falar com ele, mas pelo menos este era um cenário mais favorável; é impossível me sentir ameaçado por um homem que usa um crachá e segura um saco de lixo.

— Foi muito legal te ver — ele disse. — Tem feito algum improviso recentemente?

Minha simpatia inadvertida no início da noite o levara a pensar que estávamos "numa boa". Mas não estávamos "numa boa".

Embora Ryan e eu jamais tivéssemos sido amigos próximos, éramos pelo menos conhecidos amigáveis, e você não dá em cima da namorada de um conhecido amigável (Seção 4.2 do Acordo de Genebra). Talvez nada físico tenha acontecido entre Kelly e Ryan antes de terminarmos, mas algo estava acontecendo e, mesmo que houvesse dezenas de outros motivos para o fim do nosso namoro, eu ainda não achava legal o que ele tinha feito.

Eu queria dizer *Você me conhecia, cara. Você me CONHECIA. E mesmo assim foi em frente.* Eu queria ver o gás nocivo de culpa ascender de sua barriga e apodrecer seu sorriso. Queria ver nos olhos dele que não estávamos "numa boa". Meu relacionamento com Kelly pode ter começado do mesmo jeito, mas pelo menos eu não achava que estava "numa boa" com o ex dela. *Tenha um pouco de decoro, Ryan, não estamos numa boa!*

Porém, eu não disse nenhuma dessas coisas. Em vez disso, contei a ele a respeito de alguns shows que eu tinha feito e dei um boa-noite educado. Gostaria de poder dizer que fui magnânimo por causa do zen – tipo compaixão por todas as coisas vivas –, mas a verdade é que eu só não queria fazer escândalo.

Embora eu tenha dado um recado enquanto me afastava: joguei meu copo com uma força maior do que a necessária no lixo, com a esperança de que espirrasse vinho nas calças dele. Não aconteceu, mas, ainda assim, quanta adrenalina!

— Obrigado por me fazer ficar bem diante da minha ex — agradeci a Sonya do lado de fora.

— Por nada — ela respondeu. — Foi divertido ser o elemento novo.

Sorrimos. O drama da noite tinha nos tornado um time, nos unindo mais do que costuma acontecer em primeiros encontros. Fiquei frio diante de Sonya, minha ex me viu ao lado de uma linda garota nova e eu tinha sido calmo e confiante na frente do namorado dela. Marquei muitos pontos na minha busca de vencer a separação; mesmo que apenas por acidente, ainda eram pontos.

Depois de deixar Sonya em uma casa enorme nas colinas de Los Angeles, onde ela alugava um quarto, voltei pra casa. Em vez de cortar pela autoestrada, o caminho mais rápido, fui por Mulholland Drive, a espinha dorsal veicular de Hollywood Hills, e curti a noite quente com os vidros abaixados e a música alta. As luzes de LA pulavam para dentro e para fora da minha vista enquanto eu navegava pelas curvas famosas. Esticada diante de mim estava uma cidade cheia de mulheres.

Eu me perguntei com qual eu sairia a seguir.

Parte II

Acabou que eu era bom em sair por aí

8.

A pediatra e o podcast

Meu experimento ia bem: estava conhecendo mulheres pela internet, saía com elas, ganhava confiança, me divertia e mantinha todos os relacionamentos casuais. Então, algo horrível aconteceu: conheci alguém de quem gostei de verdade.

Eu estava num festival de *food truck* em Venice com Kurt e um grupo de amigos dele, o que incluía uma linda garota chamada Amber, que eu acabei acompanhando em uma longa fila para comprar queijo quente.

Em Los Angeles, é considerado trabalho em tempo integral ter uma conta no Instagram, por isso fiquei surpreso ao descobrir que não só Amber era pediatra, como também era sócia de uma clínica e passava seus fins de semana trabalhando em Tijuana em uma clínica gratuita para crianças pobres. Eu me considero uma boa pessoa: dou boas gorjetas, dou trocados para mendigos e faço doações para projetos de financiamento coletivo de shows individuais, mas isso era outro nível de filantropia. Até mesmo a madre Teresa pensava *Ah, sábado é meio que um tempo para mim mesma...*

Depois de conseguir nossos queijos quentes por 12 dólares cada, nos sentamos em uma calçada para comer, conversamos e rimos. Até o final da noite, já estávamos planejando o próximo passeio em grupo, o que nós dois sabíamos que não passava de uma desculpa para nos vermos de novo.

Ao longo do mês seguinte, Amber e eu saímos mais algumas vezes, sempre em grupo. Era evidente que tínhamos química. Hesitei em convidá-la para um encontro de fato, todavia, por duas razões:

1. Tínhamos amigos em comum. Uma estranha que eu conhecia na internet era como uma convidada especial da série *The Matteson Perry Show*, que deixava de existir assim que o episódio acabava. Se não desse certo com Amber, haveria repercussões, e era quase certo que não ia dar certo porque eu estava na fase de solteiro conhecida como "tente se certificar de que não vai dar certo".

2. Amber vivia em Orange County. Para aqueles que não conhecem a região de Los Angeles, Orange County é ao sul da cidade e parece um hipotético distrito da rede de restaurantes The Cheesecake Factory. Era também bem longe, entre uma e dezenove horas de distância, dependendo do trânsito.

Apesar dessas reservas, mandei mensagens de texto e e-mails para Amber quase todos os dias. Tínhamos chegado ao ponto em que eu precisava ou cortar o contato ou convidá-la para sair. Terminar o flerte teria sido a coisa mais inteligente a fazer.

Eu a convidei para sair.

Depois de dirigir por muito tempo, eu a peguei em sua casa e a levei para jantar. A tensão sexual afetava a nossa conversa durante a refeição. Poderíamos ter nos beijado ali mesmo no banco do restaurante se não fosse pelo garçom superatencioso que aparecia a cada cinco minutos para perguntar se queríamos experimentar os coquetéis da casa. *Não, não queremos, porque parece que desinfetante azul é o ingrediente principal do Blue Sapphire.* Orange County é o pior lugar.

De volta à casa de Amber, nós não invadimos o lugar enquanto arrancávamos as roupas, mas demos um beijo tímido, lento e educado na sala de estar. Foi agradável, o tipo de beijo que é trocado por duas pessoas que se gostam, mas estão dispostas a ir devagar, porque têm muito tempo para mais no futuro.

O que significava que era desonesto, porque eu não queria um futuro com ninguém. Era para eu estar vivendo a vida como se estivesse em um zepelim em queda, a minutos do fim, rasgando as roupas de uma mulher cujo nome eu mal conseguia lembrar. Esse era o plano, e não essa coisa íntima afetuosa. Só foi preciso um beijo para ver que Amber e eu queríamos coisas diferentes.

Quase tive A Conversa ali mesmo, apesar daquele ter sido nosso primeiro encontro, mas então ela me deu um pacote cheio de biscoitos caseiros com gotas de chocolate e não consegui dizer nada. Ela tinha me dominado. Lanchinhos são o equivalente masculino para flores. Uma dúzia de rosas não vai chamar nossa atenção, mas uma assadeira de brownie nos fará desmaiar.

———

Houve um segundo encontro e um terceiro, e, embora não tivéssemos transado, nosso relacionamento avançou rápido. Nós nos falávamos quase todos os dias, às vezes até por telefone, a versão contemporânea de "uma relação estável". Eu precisava ter A Conversa, mas amarelava, querendo aproveitar um pouco mais do calor daquela afeição do tipo ele-pode-virar-meu-namorado.

Depois de cada conversa, como um fumante que declara que aquele será seu último cigarro, eu me comprometia a, na próxima vez, trazer à tona o assunto do status de nosso relacionamento.

Então, certa noite, recebi a seguinte mensagem: *Estou ouvindo um podcast do qual você participou que acho que não deveria estar ouvindo.*

Eu havia feito alguns *podcasts*, contando histórias ou sendo entrevistado, mas, a não ser que eu tivesse apagado e me esquecido de minha participação em *Os Racistas com Doenças Venéreas*, nenhum deles tinha sido ofensivo ou embaraçoso. Eu não sabia do que ela estava falando.

Ela explicou: *É um em que você pede dicas para sair por aí.*

Droga. Tinha me esquecido desse. Puta merda.

No início da minha experiência de namoro, antes de eu sair com qualquer pessoa, fui até o *podcast* de conselhos do meu amigo perguntar como se faz para sair casualmente. Amber estava ouvindo o cara com quem ela estava saindo, que parecia interessado em um relacionamento sério, falar sobre não estar nada interessado em um relacionamento sério.

Eu tinha gravado esse *podcast* muito antes de conhecer Amber, então não estava sendo cruel nem descuidado com ela especificamente. Além disso, só tínhamos saído três vezes, não tínhamos transado e eu não havia feito nenhuma promessa de um futuro juntos. Mas ainda deve ter sido horrível para Amber me escutar discutir como terminar com uma garota hipotética, sendo ela uma garota hipotética.

Achei que era hora de ter A Conversa. Liguei pra ela.

— O que você disse naquele programa é verdade? É como você se sente?

Eu podia sentir a dor na voz dela e tive a urgência de consertar isso. Seria tão fácil. Eu poderia dizer a ela que estava curtindo encontros casuais, mas conhecê-la tinha mudado minha cabeça. A voz dela iria amolecer conforme eu explicasse a conexão que tivemos, e talvez rolassem lágrimas. Ela perguntaria se poderia vir até em casa e, alimentados pela nossa recém-descoberta proximidade, transaríamos pela primeira vez. Dizer o que ela queria ouvir teria sido fácil, mas eu não podia fazer isso. Prolongar mais a situação seria uma traição a ela e ao pacto que eu tinha comigo mesmo.

— Bem, eu exagerei meu ponto de vista para efeito de comédia, mas, sim, o que eu disse no *podcast* é verdade. Eu estou tentando ficar longe de um relacionamento sério no momento.

Contei-lhe a respeito da minha separação e do meu voto de ficar solteiro por um ano em uma tentativa de quebrar meu ciclo de relacionamentos. Expliquei que, embora eu gostasse dela e quisesse passar mais tempo juntos, eu não poderia ser o namorado dela, porque não poderia ser o namorado de ninguém. Por trinta segundos, houve apenas o chiado da estática do celular; por fim ela falou:

— Estou solteira há um tempo já, agora estou procurando algo real.

―――

Enquanto eu cortava os meus *huevos rancheros* com cacto grelhado no sábado seguinte, contei aos rapazes o que aconteceu. Kurt já sabia.

— Sim, você não é muito querido naquele grupo.

Isso me surpreendeu. A conversa com Amber havia sido calma e madura. Na verdade, a compostura e a aceitação dela me impressionaram tanto que eu cheguei a duvidar da minha decisão. Era um verdadeiro Ardil-22 de relacionamentos que romper com alguém seja uma das melhores maneiras de conhecer sua verdadeira natureza.

— Amber está irritada. Todas as garotas estão. Você foi desconvidado da festa de Kendra na próxima semana. E estou recebendo um monte de efeito bumerangue, então muito obrigado por isso.

— Desculpe. Não vou mais sair com pessoas conhecidas. Prometo. A partir de agora, só desconhecidas.

Mudamos o assunto para Evan. Joanna tinha aparecido na cidade alguns dias antes.

— Eu não a vi muito. Mas nós chegamos a nos encontrar na festa de um amigo em comum. Tudo ia bem e eu estava me divertindo, então ela pediu para eu ir embora porque ela estava achando esquisita a minha presença. Fiquei um pouco irritado com isso, na verdade.

— Pelo menos, você finalmente está um pouco irritado com ela — constatou Kurt. Eu também achei bom, essa foi a primeira vez que Evan ficou bravo com Joanna.

— Me senti bem por ficar bravo. Mas meio que já passou. Trocamos mensagens ontem à noite. Ela havia tido um dia ruim no trabalho e queria conversar.

Oh, pobre Evan.

Não acreditei totalmente em Kurt quando ele me disse que Amber estava brava, mas obtive a confirmação duas semanas depois sob a forma de mensagens de texto bêbada. No México, de férias e depois de ter tomado algumas margaritas, Amber não se sentia mais tão magnânima. Ela jogou suas pedras digitais na minha direção lá do sul da fronteira: eu era um estúpido, eu tinha fodido com tudo e eu não merecia uma garota como ela. Eu fiz a única coisa que uma pessoa poderia fazer nessa situação: concordei com tudo o que ela disse e me desculpei.

Comecei minha experiência preocupado em conseguir fazer as mulheres se interessarem em mim, mas meu maior objetivo era ficar fora de um relacionamento sério. Nem toda garota queria compromisso, mas algumas queriam, então eu precisava deixar minhas intenções claras desde o início. Fiz um voto de não chegar tão perto da possibilidade de um relacionamento de novo.

9.

A groupie

Kurt, Evan e eu estávamos no *brunch* dos manos curtindo crepes de abóbora quando expus minha última dificuldade no mundo das saídas. Eu conseguira o telefone de uma garota, mas não tinha certeza se devia ligar pra ela, não por causa de timidez ou medo, mas porque não sabia se tinha pegado o número da garota certa.

Vez ou outra, apresento um programa ao vivo chamado *The Moth* [A mariposa], em que pessoas contam histórias reais de suas vidas a partir de um tema. Alguns dias antes, quando saí do programa, um grupo de três mulheres e um homem disseram:

— Bom trabalho.

Assenti com a cabeça em agradecimento e segui meu caminho, mas antes do fim do quarteirão, ouvi passos atrás de mim e, quando me virei, vi o cara do grupo.

— Oi, me chamo Will. Minhas amigas e eu estamos indo comer torta e adoraríamos pagar uma fatia para você.

Groupies de bandas de rock mostram os seios durante o show para ir ao camarim e poder chupar o vocalista. *Groupies* de contadores de história esperam pacientemente do lado de fora para comprar uma fatia de torta para ele. Aceitei o convite e nós andamos de volta até onde as mulheres estavam.

— Uma das minhas amigas curtiu você — Will sussurrou, enquanto nos aproximávamos do trio. Infelizmente, ele não considerou necessário mencionar qual amiga tinha me curtido. Eu era agora um detetive do romance, na tentativa de resolver o que chamei de O Caso da Torta Misteriosa.

Esse mistério se passava no restaurante Marie Callender's. Fiz meu pedido habitual — noz-pecã, sem acompanhamentos nem sorvete — e refleti sobre as três suspeitas à minha frente. Nenhuma usava aliança. Poderia ser qualquer uma delas. Esta seria uma noite longa.

- **Suspeita nº 1, Linda**: aproximadamente 1,60 m de altura, bonitinha, rosto redondo, vestido *hipster*, sorriso aberto, aprendiz de arquiteta. Uma garota bonita com uma aura de timidez.
- **Suspeita nº 2, Mary**: aproximadamente 1,70 m de altura, esbelta, com sardas no rosto, na graduação do curso de serviço social. A mais atraente das três.
- **Suspeita nº 3, Helen**: aproximadamente 1,76 m de altura, musculosa, vestida com jeans e camiseta, longos cabelos loiros. Não era feia, mas não fazia meu tipo. Claro, amor eterno por mim e pelas minhas piadas poderia fazer meu coração balançar.

Uma hora depois, havia apenas restos nos pratos e eu ainda não tinha nenhuma pista. Esperava que alguém dissesse algo para se incriminar ou que talvez se revelasse uma tatuagem do meu rosto no braço de alguém, mas não encontrei nenhuma dica de quem pudesse gostar de mim.

Caminhamos para a calçada para nos despedir e ninguém ofereceu o número de telefone, abraçou um pouco mais nem perguntou se poderíamos sair de novo. Se eu já não soubesse que uma delas gostava de mim, teria ido para casa feliz por ter fãs que me compram torta, mas fiquei frustrado. Eu queria minha *groupie*!

— Foi divertido — falei. — Devíamos todos manter contato.

Coloquei meu celular na minha frente, onde ele permaneceu por alguns segundos constrangedores.

— Ah, sim, vamos trocar contato — Mary disse enquanto alcançava o celular. Eu estava mais atraído por Mary, mas a falta de entusiasmo dela me fez pensar que ela poderia ser uma distração.

Conforme eu caminhava para o meu carro, dei à minha admiradora secreta mais uma chance ao dizer:

— Sou fácil de achar no Facebook! Matteson Perry, com dois "tês".

———

— Não sei se você está lidando direito com essa história da *groupie* — Evan comentou quando terminei meu relato.

Ele tinha razão. Tenho certeza de que o vocalista do Def Leppard nunca gritou *Sou fácil de achar no Facebook: dois "pês" em Leppard!*

— Não sei o que fazer — eu disse. — Já se passaram dois dias e não tive notícia de Mary. Posso entrar em contato para perguntar quem gostou de mim, mas, se for a própria Mary, é capaz de isso arruinar tudo.

— Sim, não acho que você deva mandar uma mensagem para ela — Kurt se manifestou. — Deixe que a *groupie* venha até você. Essa é tipo a primeira regra das *groupies*.

Esperar era a única coisa a se fazer.

Finalmente, quase uma semana depois da noite da torta, tive uma pista no caso. Mary me escreveu:

Foi muito legal conhecê-lo no outro dia! Obrigado por ter ido comer torta com a gente. Você deveria adicionar Linda no Facebook. O sobrenome dela é Marshall.

Então, era a doce e quieta Linda. Não posso culpá-la por ter ficado tímida; deve ser difícil se aproximar de um herói (será que *herói* é uma palavra muito forte? Acho que não). Fiquei amigo de Linda no Facebook e perguntei a ela se queria sair para um drinque. Ela disse sim e (eu supus) gritou como uma fã sofrendo de Beatlemania.

Qualquer nervosismo de encontro habitual era inexistente porque, ao lidar com uma *groupie*, você só se senta lá e curte a adoração, certo?

Embora nossa interação provavelmente não se qualificasse como "adoração", o encontro foi bem. Minhas piadas deram certo, minhas histórias a fascinaram e a linguagem corporal dela era suscetível. Eu me senti como um boxeador que lutava contra um oponente que tinha sido pago para entregar a luta.

Apesar da facilidade, o encontro pareceu um pouco estranho; ela me conhecia muito melhor do que eu a conhecia. Linda já tinha ouvido muitas das minhas histórias, ou ao vivo ou no YouTube, então ela já sabia bastante a meu respeito.

Antes que eu pudesse contar onde eu tinha crescido, ela mencionou que amava o Colorado. Durante a conversa sobre trabalhos, mencionei que trabalhei no Alasca e ela disse "Oh, eu gosto dessa", referindo-se a uma história que eu conto sobre a experiência. Ela parecia saber o básico da minha vida, enquanto a única coisa que eu sabia sobre ela era que gostava de mim (um traço admirável, admito). Passei o encontro tentando diminuir a diferença de conhecimento ao perguntar coisas a ela, mas nunca pareceu que estávamos em pé de igualdade.

No fim da noite, enquanto nos despedíamos perto do carro dela, me afligi com a questão do abraço ou beijo. Eu havia me divertido, mas sabia que não estava apaixonado por aquela garota. Parecia estranho estar apenas começando a conhecer Linda quando ela já estava certa de que gostava de mim. Decidi dar um abraço, para ir devagar, de modo que eu pudesse alcançá-la.

Eu me inclinei na direção dela com meus braços na posição de abraço, mas encontrei o queixo apontado para cima, os olhos fechados e os lábios preparados. *Ok, posso dar uma bitoca de boa-noite; isso não vai querer dizer nada de mais.* Antes que eu pudesse me afastar, Linda pegou minha nuca e me envolveu em uma sessão completa de pegação.

Quando terminamos, ela me perguntou se eu estava livre na quinta.

— Não tenho certeza... Tenho que checar a minha agenda...

— Certo — ela respondeu, me encarando. Ela queria que eu conferisse ali mesmo. Puxei meu celular.

— Acho que estou livre.

— Ótimo! Vou com meus amigos a um evento com show e degustação de cervejas. Você deveria vir.

Eu podia aprender algumas coisas com Linda. Ela tinha conseguido uma rodada de pegação e um segundo encontro enquanto eu não estava pronto para nenhuma das duas coisas. Essa garota sabia fechar negócio.

Quando achei Linda em um canto no fundo do bar, meu estômago revirou... Eu tinha caído em uma armadilha. Quatro amigas estavam sentadas ao redor dela como uma corte real. Tentei abraçar Linda para cumprimentá-la e ela de novo me deu um beijo. Uma das amigas soltou um "aaah" enquanto outra fez "ooooh". Pedi comida, mas, trinta minutos depois que meu hambúrguer chegou, ele permanecia praticamente intocado, já que fiquei ocupado demais respondendo a perguntas para comer. Não era um encontro social; era uma inquisição. As amigas dela estavam verificando o meu valor para sair com Linda. O fato de eu querer ou não sair com Linda não estava sendo levado em consideração.

No fim da noite, ouvi por acaso as boas resenhas sobre mim enquanto Linda se despedia das amigas: *ele é ótimo; é pra casar; muito bonzinho*. Eu me senti bem por passar no teste, mesmo sendo um que eu não queria fazer. Não tinha ainda chegado em casa e recebi uma mensagem de texto de Linda, dizendo que tinha se divertido e o quanto as amigas gostaram de mim. Aparentemente, ela não conhecia a técnica chamada "se fazer de difícil".

Isso foi duas semanas antes de eu vê-la de novo, um intervalo proposital para acalmar as coisas. Eu estava usando uma técnica chamada Planejar os Pontos, que eu havia aprendido com Grant (o amigo que me contou a respeito do Burning Man). Eis a ideia por trás de Planejar os Pontos: não é a quantidade de encontros que significa a seriedade do relacionamento, mas a frequência desses encontros. Três encontros em uma semana significavam algo diferente de três encontros em um mês, apesar do número de encontros ser o mesmo.

Como Planejar os Pontos em um relacionamento

1. Não mais que um encontro por semana. Nesse ritmo, o relacionamento pode permanecer casual por muito tempo.

2. Não faça planos específicos para o próximo encontro enquanto você está no encontro atual.
3. Mantenha a continuidade dos encontros via mensagens de texto.
4. Quando marcar um encontro, planeje para dali a alguns dias ou uma semana, conseguindo mais tempo para confirmar o interesse.

O objetivo de Planejar os Pontos é evitar ter A Conversa pelo maior tempo possível. E às vezes, quando Planejar os Pontos é bem executado, as ações falam por si só e tornam desnecessária A Conversa. Se você vê alguém com menos frequência do que leva seu lixo para fora, provavelmente não é uma relação muito séria.

Depois de estar "ocupado" (jogando um novo videogame) por duas semanas, marquei um encontro para ver um filme com Linda. O tempo longe não diminuiu a animação dela. Ela passou todo o filme fazendo carinho na minha mão com o dedão, risos e olhares marcaram o jantar, e, no fim da noite, ela me convidou para ir ao seu apartamento.

— Gosto de você — afirmou enquanto passava a mão no meu cabelo durante um intervalo da pegação.

— Gosto de você também — respondi por instinto, mas instantaneamente soube que o meu "gostar" não era igual ao dela.

Para os caras, o começo dos encontros pode parecer uma série de desafios que eles precisam passar para conseguir a aprovação da garota. Não seria bom evitar tudo isso? Com Linda, eu havia conseguido. Sair com ela era como ser pré-aprovado para o cartão de crédito: não precisava checar o crédito, era só começar a gastar.

Na realidade, contudo, a natureza unilateral me deixou desconfortável. Parecia que o meu desejo de ser um casal era irrelevante porque ela já tinha decidido a questão. E, apesar da certeza dela, eu sabia que ela não gostava da minha versão "real" porque ela não conhecia minha versão "real". Não, ela gostava da ideia que tinha de mim, a pessoa que tinha visto no palco, a minha versão mais espirituosa e charmosa. Eu mantive a performance por três encontros, mas não conseguiria atuar para sempre.

Depois da minha experiência recente com Amber, eu não queria dar uma ideia errada para alguém de novo, então fui embora sem transar, porque não importava o quanto eu Planejasse os Pontos, Linda não entenderia a mensagem. Terminei alguns dias depois. A ausência de mensagens de texto cheias de ódio me mostrou que eu estava melhorando.

Eu estava feliz com o meu progresso como um responsável namorador casual, mas tinha um arrependimento. Meu primeiro encontro com uma *"groupie"* tinha terminado sem que eu tivesse feito a única coisa que se deve fazer com uma *groupie*: transar. Eu deveria pelo menos ter cheirado um pouco de cocaína nos peitos dela no fundo do meu ônibus de *tour*. Claro, nunca cheirei cocaína e não tinha um ônibus de *tour*. Talvez eu pudesse ter comido sorvete nos peitos dela no porta-malas do meu carro sedã? Isso é meio punk rock, né? O problema é que sorvete pode fazer muita bagunça e seria muito ruim para ela limpar tudo. *NÃO, PARE COM ISSO, MATTESON! Você está sendo muito bonzinho. Limpar calda de chocolate e amendoim dos peitos é o preço a se pagar por chegar muito perto de uma ESTRELA!* (Ou de um apresentador de um programa amador de histórias com poucos seguidores.)

10.

O massacre do Matteson do ensino médio

— Vou sair com Michelle Glimmermen semana que vem — anunciei enquanto cavoucava meu waffle com geleia de figo.
— Quem é Michelle Glimmermen? — Kurt perguntou.
— Ah, é apenas a garota mais bonita da escola.
Contei a história a Evan e Kurt.

———

No primeiro dia do feriado de Natal no meu último ano de ensino médio, planejei uma festa na casa do meu amigo Pedro. No quintal da família dele, havia um velho barracão, um remanescente dos dias em que a propriedade era um rancho, que eles tinham transformado em uma espécie de salão de jogos, com um velho carpete puído e uma mistura de móveis de saldão usados. Passamos muitas noites lá fazendo o que adolescentes fazem: jogando videogames e soltando pum.

Mas essa festa iria ser diferente das festas de pum dos moleques. A irmã de Pedro, Melanie, que era dois anos mais nova que a gente, estaria lá com as amigas, o que incluía Michelle Glimmermen.

Michelle Glimmermen tinha criado uma celeuma quando apareceu na escola no outono. Linda, alta e atlética, ela tinha o brilho da juventude e o corpo de uma adulta precoce. Eu achava que ela era a garota mais bonita da escola, o que significava que ela podia ser a garota mais bonita do mundo. Inteligente (honrarias em todas as aulas) e um ótimo riso, profundo e alto, fechavam o pacote completo que era Michelle Glimmermen.

Antes que as garotas chegassem, houve muita disputa entre os meus amigos sobre quem iria ficar com quem. A única pessoa que eu tinha certeza de que não ia pegar ninguém era eu. Naquela época, nunca tinha beijado na vida, então tinha pouca esperança de que pudesse me dar bem, me enroscar, ralar coxa, pôr a língua pra dançar, bolinar, roçar, apalpar, dar uns amassos, finalizar ou... insira aqui qualquer outro termo adolescente terrível que garotos usam para atos sexuais.

A festa começou devagar, com os rapazes e as garotas segregados, mas uma sugestão de Pedro para que usássemos o ofurô agitou as coisas. A capacidade era de quatro pessoas, mas enfiamos dez, para fazer uma sopa quente de hormônios adolescentes com as pernas escorregadias se entrelaçando sob a superfície. Sendo as pernas dos garotos tão sem pelos quanto as das garotas nessa idade, muitas vezes era impossível dizer qual perna era qual sob as bolhas, mas ainda assim era excitante.

Como o ofurô estava muito cheio, as garotas estavam se sentando em colos, e Michelle Glimmermen acabou no meu. Pensei que pudesse ser um acidente, que ela tivesse escolhido o meu colo porque não tinha nenhuma outra opção, mas conversamos e contamos piadas, e ela nunca se levantou, mesmo quando vagou outro lugar.

Apesar da felicidade de a garota mais bonita da escola estar sentada no meu colo, eu tinha uma preocupação constante a respeito de ter uma ereção. É irônico que os homens gastem os últimos vinte anos de suas vidas na esperança de que possam ter uma ereção, mas os primeiros vinte rezando para que não tenham. Há milhões para se ganhar com um Viagra reverso para adolescentes: *Para ficar livre da ereção, tome um comprimido antes da aula de matemática ou de dança. Se a sua não ereção durar mais do que quatro horas, roube o catálogo da Victoria's Secret da pilha de correspondência da sua mãe.*

Se eu precisava de maior confirmação do interesse de Michelle Glimmermen, ela veio quando voltamos lá para dentro e Michelle me perguntou se eu queria uma massagem.

— Claro, mas só se você quiser também — eu disse, dando a ela a chance de corrigir o erro que assumi que tinha cometido.

— Venha, deite sua cabeça no meu colo.

Enquanto me deitava, o número 73 pulou na minha mente. Meu amigo Ron frequentemente citava estudos que mostravam que 73% das massagens entre homens e mulheres resultavam em interação sexual. Essa estatística era provavelmente besteira, mas, por causa da confiança e especificidade de Ron, acreditei naquilo. Sem dúvida, alguma universidade estava fazendo algum experimento com massagens e triturando os números. E isso significava que eu tinha 73% de chance de ficar com Michelle Glimmermen.

As mãos dela se moveram em círculos espelhados nos dois lados da minha cabeça, suas unhas arranhando meu couro cabeludo. Meu corpo formigava da banheira de hidromassagem, e meus pés tostavam com a proximidade da lareira. Nunca estivera tão confortável ou feliz.

Em algum momento depois das duas da manhã, as pessoas se arrumaram para dormir. Os lugares no sofá foram escolhidos com rapidez, deixando o chão para a maioria de nós. Michelle Glimmermen e eu acabamos perto um do outro, forçados a ficar juntos pelo espaço limitado. Depois que as luzes se apagaram, pude ouvir os sons de cobertores se bagunçando e pares de pés escapulindo para o banheiro. Todo mundo ali estava se dando bem. Era o meu momento.

Mas eu não fiz nada.

Eu poderia ter me esticado e acariciado as costas dela, sussurrado algo ou deitado de conchinha, mas não fiz nada. Em vez disso, a cada poucos minutos, eu abria um olho e espiava ansioso. Eu estava morrendo de medo de ela me ver, mas também torcia para que me encarasse de volta. Só parei de olhar quando o som da respiração dela indicou que estava dormindo.

— E nada aconteceu entre vocês depois disso? — Kurt perguntou.

— Nós até flertamos um pouco na escola por algumas semanas, mas então ela ficou com um jogador de basquete do time da escola, Jack Coleman.

— Jack Coleman. Parece ser um verdadeiro babaca — Evan disse.

Jack Coleman *era* um verdadeiro babaca! Tipo num clichê da sessão da tarde, eu tinha perdido a garota para o atleta idiota. Eu o odiava, mas não tinha raiva de Michelle Glimmermen. Não éramos um casal, e, até onde ela sabia, eu era um eunuco.

— E você vai sair com essa garota quando for para casa no Natal? — Kurt perguntou.

— Sim, vou.

Eu não tinha mantido contato com Michelle Glimmermen ao longo dos anos além de interações esporádicas no Facebook, mas, um mês antes, nós nos encontramos em uma festa quando ela visitava Los Angeles. Nos demos bem, então perguntei se ela topava um encontro comigo quando eu voltasse para casa nas férias de fim de ano. Embora, é claro, eu não tivesse chamado isso de encontro.

— Devíamos dar uma volta juntos quando eu estiver lá na cidade — sugeri.

Tradução das frases que os caras usam quando querem estabelecer uma interação social "inocente"

- Vamos sair de boa = Vamos ter um encontro
- Quer dar uma volta? = Quer ter um encontro?
- Devíamos nos ver mais = Devíamos nos ver mais... em encontros.
- Devíamos sair pra beber/comer/lanchar = Devíamos sair para beber/comer/lanchar, eu vou pagar o que formos beber/comer/lanchar e isso significa que será um encontro.
- Eu estava querendo ver a uma peça. Você gostaria de ir? = Eu nunca iria a uma peça, mas acho que isso vai seduzi-la para um encontro comigo e fazer você pensar que sou sofisticado.
- Gostaria de fazer uma caminhada neste fim de semana? = Ninguém, a não ser um monge tibetano, sai pra fazer uma caminhada se não for um encontro, então será um encontro.
- Você pode me ajudar na minha mudança no fim de semana? = Você pode me ajudar na minha mudança no fim de semana? (É difícil encontrar gente para ajudar numa mudança.)

Sendo assim, eu iria sair para beber (sair em um encontro) com Michelle Glimmermen alguns dias depois que chegasse ao Colorado.

Da nossa mesa acolhedora, Michelle Glimmermen e eu podíamos ver os grandes flocos de neve caindo de forma sinuosa no chão já branco do lado de fora. Tínhamos ficado no bar por mais de três horas, mas nenhum de nós queria enfrentar a realidade das despedidas e do tempo frio.

De todas as mulheres com quem saí desde que comecei meu experimento, Michelle Glimmermen era a minha favorita até então. Sua risada era tão sublime e generosa como na escola, e ela tinha a aparência vívida, olhos ardentes e o largo sorriso bem como eu lembrava. Mesmo seu corpo parecia relativamente o mesmo, com as curvas bem esculpidas pela ioga.

Em contraste com as interações suadas de minha adolescência, a noite foi calma e confortável, graças à minha nova confiança em encontros. Saber quando ou como tomar a iniciativa não me incomodava mais. Pude curtir o encontro, certo de que saberia o que fazer quando chegasse a hora. E esperava muito que a hora chegasse. De certa forma, ficar com ela como um adulto me ajudaria a acabar com a covardia do Matteson da época da escola. Embora eu não estivesse com raiva de Michelle Glimmermen por ter escolhido Jack Coleman em vez de mim, eu não tinha me esquecido da dor que me causara. (Obviamente, já que estou escrevendo sobre o assunto em um livro.)

Na caminhada de volta para seu apartamento, onde estacionei meu carro, ofereci meu braço e ela o pegou. Nossa conversa diminuiu conforme apreciávamos a tranquilidade de um mundo acalmado por neve fresca.

— Você gostaria de entrar? — ela perguntou quando chegamos à entrada.

Imediatamente senti um peso no estômago e um arrepio percorreu meu corpo. Eu não era mais o homem de trinta anos conquistador do mundo do namoro virtual, o cara que tinha uma parceira de foda e uma *groupie*, mas mais uma vez o inferiorizado e oprimido Matteson da escola. Enfiei as mãos nos bolsos, tentando fazer "Com certeza" sair da minha boca. Pensei que tivesse superado esse tipo de ansiedade, mas essa não era uma mulher qualquer do OkCupid; era Michelle Glimmermen, a garota mais gata da escola.

Para minha sorte, ela me salvou ao dizer:

— Tenho gravado o último episódio de *Mad Men*. Poderíamos assistir.

Sim, TV. Eu estava entrando para ver TV. Matteson da escola era capaz de ver TV.

— Adoro *Mad Men* — respondi. — Seria ótimo.

———

Nós nos aninhamos debaixo de um cobertor para ver o episódio. Logo nos beijamos. Enquanto fazíamos isso, o Matteson da escola voltou, não como um bocó, mas como um fã boquiaberto. *Caramba, Matteson do futuro, você está pegando Michelle Glimmermen! Toma essa, Jack Coleman!*

Tiramos nossas camisetas, mas a sessão de pegação não foi muito além; parecia uma ficada com uma paixão do ensino médio. Deitamos lado a lado e conversamos sobre o que quase acontecera uns anos antes. Ela tinha mesmo gostado de mim, mas ficara tão assustada pelo processo de namoro quanto eu.

— Quando não ficamos na festa, entendi que você não gostava de mim daquele jeito.

— E então veio Jack Coleman — observei.

— Sim. Aquilo meio que aconteceu. Ele era atirado. Não de um jeito estranho, ele apenas sabia o que estava fazendo. Sem querer ofender.

— Não me ofendeu.

(Só um pouquinho.)

— Isso facilitou bastante. Porém, me senti um pouco culpada. Até hoje, ele é o namorado de quem meu pai gosta menos, se isso faz você se sentir melhor.

(Só um pouquinho.)

Trocamos carícias e conversamos mais um pouco, mas eventualmente precisei ir para casa. Havia responsabilidades das festas para cuidar no dia seguinte, como embrulhar presentes e me certificar de que eu estivesse bêbado o bastante para suportar minha madrasta.

— Bem, muito obrigada por morar em LA — ela disse enquanto nos vestíamos. Eu podia ouvir na voz dela o mesmo arrependimento que eu sentia sobre a improbabilidade de aquilo acontecer de novo.

Devia me sentir triunfante enquanto ia embora... Finalmente tinha pegado Michelle Glimmermen! Não era uma vitória apenas para mim, mas para cada um dos caras legais tímidos que tomaram um pé na bunda e foram trocados por um babaca. Eu era tipo o *Coração Valente* dos adolescentes envergonhados, só que, em vez de gritar "Liberdade!", eu gritaria "Peitinho!".

Mas eu não me sentia como um "vencedor". Durante a noite, ela deixou de ser Michelle Glimmermen, a maior gatinha da escola, e se tornou Michelle, uma garota de quem eu gostava, mas com quem não podia sair por causa das circunstâncias. Havia potencial entre a gente, como na escola, mas continuaria a ser somente isso. Não parecia uma "vitória". Parecia um desapontamento.

(Ok, parecia um *pouco* uma vitória. Quero dizer, afinal, eu tinha mesmo ficado com Michelle Glimmermen. Chupa, Jack Coleman!)

11.

A garota "E se?"

Anos antes, antes do meu ano solteiro, antes de Kelly...

Eu morava em Nova York e estava namorando Ann por aproximadamente um ano. Não estava indo mal, mas eu sabia que não ia durar — nenhum de nós dois tinha dito "eu te amo", e um ano é tempo demais para não falar isso pra pessoa com quem você está namorando. Quanto mais o tempo passava, mais peso a palavra ganhava. Nós dois começamos a evitar usar a palavra "amor" por si só, em qualquer contexto. Era mais ou menos assim: "Que ótimo sanduíche de ovo, eu a... adorei. Gostei desse sanduíche de ovo. Ele foi muito especial pra mim." É bem ruim classificar um sanduíche emocionalmente acima de seu parceiro.

Já que não estávamos usando a palavra começada com a letra A, os cartões que trocamos no nosso jantar de aniversário de um ano juntos acabaram parecendo um cartão de aniversário do colega da firma. *Parabéns aí por mais um ano. Continue assim. Abraços.*

Então as coisas não estavam boas, mas eu não ia terminar com ela, porque eu ainda era um cara legal naquele ponto, e caras legais não fazem coisas que exigem lidar com emoções difíceis.

Em um fim de semana, não muito tempo depois do nosso jantar de aniversário, eu pretendia ir a um show com Ann, meu colega de quarto, Dustin, e a namorada dele, Kate Middleton. (Enquanto eu escrevia este livro, "Kate" me pediu que o pseudônimo dela fosse Kate Middleton, então aqui está.) No último instante, Ann teve de sair da cidade a trabalho, então o ingresso dela foi para Lindsay, uma amiga de Kate Middleton.

Sair sem Ann me animou. Ela não era contra o álcool, mas era uma mulher asiática pequena que não tinha nenhuma tolerância e, portanto, raramente bebia. Então eu bebia menos. Embora isso fosse bom para mim no âmbito da saúde, eu tinha 26 anos de idade e vivia em uma das maiores cidades do mundo; não deveria ser minha época de "geração saúde". Eu estava animado para ir ao show, me embebedar e ficar na rua até tão tarde quanto eu quisesse.

Mas sair sozinho não era o único motivo que me excitava. Eu também estava ansioso para passar um tempo com a amiga de Kate Middleton, Lindsay, que eu conhecera em uma festa. Não tinha acontecido nada entre a gente, exceto que notei sua bela clavícula. Existem os caras que preferem peitos e os caras que preferem bunda — eu sou um dos poucos que preferem a clavícula. Somos um grupo pequeno e incompreendido. As omoplatas de Lindsay saltavam de ombros estreitos, serpenteavam sob as tiras da regata dela e se encontravam no meio, perfeitamente simétrica. Ela tinha outras características atraentes, como um rosto lindo e um corpo sexy, mas aquela clavícula, cara!

Depois do show, nós quatro caminhamos até um bar pouco iluminado e rebaixado, no limite de Chinatown, decorado com animais empalhados que nos encaravam com raiva, como se os tivéssemos abatido. Era um bar desconhecido e aleatório de Nova York, mas era mais descolado que o bar mais descolado da minha cidade natal, o que me fez me sentir mais descolado que todo mundo da minha cidade natal. O que era todo o objetivo de viver em Nova York.

Não tínhamos nem terminado nosso primeiro drinque quando Dustin e Kate Middleton tiveram de sair porque ela sentiu os sintomas de um resfriado por vir e queria ir para a cama.

— Vocês vão junto ou vão ficar? — Dustin perguntou.

Lindsay e eu fitamos nossos copos quase vazios, depois um ao outro. Houve um lampejo de atração, o bastante para nos deixar curiosos. Acabamos tendo a mesma ideia.

— Eu tomaria mais uma, se você topar — falei.

— Sim, eu tomaria mais uma.

Nos despedimos dos nossos amigos e nos mudamos para os banquinhos do balcão. Quatro horas depois, Lindsay e eu estávamos na quinta desculpa de "só mais um drinque". Conforme a noite se aqueceu, chegamos mais perto um do outro até estarmos encostados. Por um tempo, eu tinha descansado meu braço esquerdo em sua coxa, deixando-o cair como que por acidente. *Oh, essa é sua coxa? Pensei que fosse um encosto macio.*

A música era alta, então tínhamos que falar diretamente no ouvido um do outro. Sentia sua respiração no meu pescoço quando ela falava e podia sentir o perfume de seu cabelo quando eu respondia. O cabelo de Lindsay cheirava MUITO melhor que o de Ann. Eu me convenci de que não era uma questão de diferentes xampus, mas de compatibilidade bioquímica.

Por volta das três da manhã, nossa conversa parou. Este era o momento em que deveríamos nos beijar. Eu sabia que ia passar rápido. Logo Lindsay tomaria um gole da bebida ou arrumaria uma peça do seu vestuário que não precisava de fato ser arrumada, e o momento iria se perder para sempre. Mas eu não queria que o momento passasse. Cada gota de minhas emoções e de meus hormônios me empurrou para beijá-la. A voz solitária de discordância era a minha consciência.

— Você não pode beijá-la — minha consciência disse. — Sei que o lance com Ann não está indo bem, mas ela ainda é sua namorada. Você é um cara legal e caras legais não traem.

Minha consciência estava certa. Eu não devia trair. Eu não podia beijar Lindsay.

Mas então...

Não dizem que as coisas de que você mais se arrepende são aquelas que NÃO fez? A vida não é sobre abraçar o momento? Não estamos neste planeta para viver ao máximo cada instante? Ann e eu vamos terminar no próximo mês de qualquer jeito, então qual é o problema?

Conferi de novo minha consciência.

— Esses são ótimos argumentos — ela respondeu.

Beijei Lindsay. Ela retribuiu o beijo.

Nosso beijo se tornou apaixonado, estávamos ficando bem ali no bar, sem nos importar com quem estava olhando, porque éramos jovens e eram três da manhã na PORRA-DE-NOVA-YORK, e fazíamos algo ERRADO, mas parecia certo, MUITO CERTO! Era o tipo de beijo sobre o qual se escreviam canções, o tipo de beijo pelo qual homens vão à guerra! Era isso, isto ERA A VIDA, e nós estávamos VIVENDO!

Então... foi um bom beijo. Minha consciência não falou mais nada pelo resto da noite.

Lindsay e eu continuamos a nos pegar, até que o barman nos separou para nos entregar a conta porque o bar estava fechando. Ela foi até o meu apartamento, onde nos beijamos mais, mas não transamos.

De manhã, depois de poucas horas de sono, nos despedimos com um abraço na minha porta.

— Isso foi divertido — ela afirmou.

— Foi mesmo. Eu deveria pegar seu telefone.

Entreguei meu celular para que ela pudesse colocar o número dela, sabendo que essa era a traição final, um sinal de que não tinha considerado a ficada um erro ocasional. Eu já estava ansioso para vê-la de novo, mas, quando ela saiu, senti algo mais por sob a emoção: culpa. Eu tinha traído. Eu era um canalha.

Em minha defesa, gostaria de salientar que esta era uma traição bastante leve. Na escala o-filho-secreto-do-Arnold-Schwarzenegger, isso era no máximo três. Eu não era casado e isso não era um caso longo e duradouro. Nós sequer transamos. O que aconteceu entre mim e Lindsay seria considerado um "cumprimento amigável" em muitos países europeus.

Mas não estávamos na Europa. Estávamos nos Estados Unidos. Então era traição.

Ann e eu não éramos certos um para o outro, mas ela não merecia a dor de ser traída. Então eu não iria contar a ela. De qualquer jeito, nós já íamos terminar, por que sobrecarregá-la com mais sofrimento? A melhor opção era manter este segredo. POR ELA. Para mim, seria um fardo conter essa verdade sombria, mas eu faria isso com bravura, para proteger os sentimentos dela. Definitivamente não era para que eu não sujasse minha imagem. Não, isso seria um ato egoísta, TUDO POR ELA.

A verdade é que não tive que carregar o fardo do segredo "heroicamente" por muito tempo. Porque fui pego. Menos de 24 horas depois.

Foi assim: escrevi um e-mail para Grant contando o que aconteceu entre mim e Lindsay. Esse foi o primeiro erro. Se você trair, não coloque evidências por escrito. Se sentir necessidade de contar para alguém, use o telefone, e depois você deve queimar o celular, como se fosse um traficante do seriado *The Wire*.

Meu segundo erro foi o título do assunto que escolhi para o e-mail. Era: *Então, eu traí minha namorada*. Sim, esse foi o título que usei para um e-mail que continha a informação que eu queria manter em segredo.

Aconteceu de a resposta de Grant chegar enquanto Ann estava usando meu computador, e o título a deixou muito curiosa sobre o conteúdo, por isso ela leu a mensagem. Uma grande briga se seguiu com muita gritaria, a maioria vinda de Ann. Havia pouco que eu pudesse dizer em minha defesa, porque é difícil desacreditar em uma evidência que eu tinha escrito. *Você não vai acreditar nesse babaca, vai?*

Finalmente tive uma abertura quando ela gritou:

— Como você pôde dormir com outra pessoa?

— Nós não transamos — respondi, orgulhoso de ter algo a refutar. — Nós apenas nos beijamos.

Uma defesa impecável, certo? Aparentemente não.

— Isso é pior — Ann afirmou. — Beijar é PIOR que sexo.

Primeiramente, isso não é verdade. Beijar não é pior que sexo. A não ser que você seja Julia Roberts em *Uma linda mulher*, beijar SEMPRE fica abaixo de sexo. Em segundo lugar, seria ótimo saber que beijar era pior que sexo quando eu estava ocupado NÃO TRANSANDO com Lindsay. Na hora, pensei: *É melhor não transarmos, só vai piorar as coisas*. Acabou que seria uma situação melhor.

Eu tinha passado os últimos dois meses querendo que meu relacionamento com Ann acabasse, mas, naquela noite, lutei para mantê-lo porque não queria que minha traição fosse a razão do término. Quando as pessoas perguntassem "Por que vocês terminaram?", eu teria de responder "Porque eu a traí". E elas diriam "Oh, não sabia que você era uma pessoa ruim".

Então passei muitas horas persuadindo Ann a ficar comigo. Não porque eu a amasse e quisesse estar com ela, mas para que eu não fosse uma "pessoa ruim". O que, claro, fazia de mim UMA PESSOA MUITO PIOR.

Eu devia ter dito: "Desculpe por ter traído você, mas fiz isso porque estava infeliz e nós temos que terminar." Essa honestidade emocional teria sido verdadeiramente "boa". Em vez disso, passei a noite convencendo-a de que não deveríamos terminar. Funcionou, mas era, obviamente, uma gambiarra. Seis meses mais tarde, nós terminamos de vez sem nenhum de nós ter dito "Eu te amo". Ironicamente, é provável que tenhamos ficado juntos mais tempo por causa da traição, com o nosso relacionamento sustentado pela minha culpa.

Tentei entrar em contato com Lindsay depois que terminei, mas ela tinha se mudado para o interior. Perdi minha oportunidade, e assim ela se tornou a garota "E se?".

De vez em quando, nos anos que se seguiram, Lindsay aparecia na minha cabeça e eu pensava *E se?*. E se tivéssemos a oportunidade de sair direito? E se naquela noite tivesse caído o raio do amor? E se ela fosse "a escolhida"?

A resposta especulativa para o meu "E se?" nunca era um realista *Provavelmente não teria dado certo*. Não, a resposta para "E se?" era sempre *Teríamos nos apaixonado e nos mudado para Seattle para abrir uma loja de queijo artesanal e teríamos crianças lindas que ficariam muito bem de mocassins.*

É raro conseguir uma resposta real para "E se?", a vida segue e a pergunta desaparece. Mas não foi isso que aconteceu com Lindsay. Quatro anos depois, no meio do meu ano solteiro, Lindsay voltou à minha vida. Os gregos antigos tinham os deuses do Olimpo para manipular o destino deles; nós temos o Facebook.

Certa noite, ela apareceu na lista de "Pessoas que você talvez conheça" e meu coração disparou.

Cliquei no perfil dela. O lugar onde ela vivia no momento era Los Angeles. Esse era o lugar onde eu vivia! Fucei mais, ela não mostrava estar em um relacionamento e as fotos não traziam nenhuma evidência de um namorado. Minha garota "E se?" estava solteira e morava na mesma cidade que eu. CUPIDO, SEU DESGRAÇADO, VOCÊ CONSEGUIU DE NOVO.

Mandei uma mensagem. Ela respondeu. Fizemos um pouco de rodeio e ela acabou me convidando para um show mais tarde naquela semana. Concordei imediatamente com o plano, já que tudo tinha ido muito bem na última vez em que fomos a um show juntos. Estava torcendo para que a banda fosse boa, já que era provável que usássemos uma de suas músicas na nossa cerimônia de casamento.

Sim, sair com Lindsay significaria abandonar meu ano solteiro mais cedo, mas o que eu podia fazer, era MÁGICA acontecendo. Se um mágico faz aparecer um pedaço de bolo no ar, você não diz: "Desculpe, estou fazendo uma dieta sem carboidratos." Não, você come o bolo mágico, porque você não zoa a mágica. Ou um bolo grátis.

A primeira banda estava no palco quando cheguei ao local do show. Fiquei na ponta dos pés para ver por cima das cabeças e encontrei Lindsay do outro lado do salão. Ela estava ótima, bonita e toda estilosa com uma jaqueta de couro e jeans justos, uma armadura rock and roll para a figura delicada dela.

Ela me viu e acenou. Nossos olhares ficaram fixos conforme eu me esgueirava pela multidão. Nós nos abraçamos. Havia algo no abraço. Parecia especial, confortável, CERTO. Foi o abraço de amantes azarados que enfim se reencontravam. Não havia dúvida de que meu tempo de solteiro estava prestes a chegar a um final de contos de fadas.

— Esta é minha parceira, Nicole — Lindsay disse.

Ela foi pra esquerda e revelou uma linda garota com olhos azuis brilhantes e a mesma constituição delicada de Lindsay. Enquanto eu cumprimentava, tentei entender o que "parceira" queria dizer. Parceira tipo *Esta é minha parceira, somos sócias de um negócio, uma lojinha de peças de decoração* ou parceira do tipo *Sou lésbica e esta é minha parceira com quem eu faço amor porque sou lésbica*?

Quando Lindsay escorregou o braço abraçando Nicole, tive minha resposta. Elas eram um casal de lésbicas jovens, gatas e descoladas, do tipo que eu pensava que só existisse em anúncios de roupa. A falta de indicação de namorado no Facebook agora fazia sentido, bem como as muitas fotos com amigas próximas.

Essa tinha sido uma grande reviravolta, considerando que, da última vez em que vi Lindsay, havia *algumas* evidências de que ela tinha atração por homens. Sabe, todo o lance da pegação comigo. Claro, eu tinha uma pele lisa e escutava bastante Katy Perry, mas tecnicamente sou um homem.

Será que eu tinha sido o último homem que ela tinha beijado? Será que eu a tinha levado ao lesbianismo? Eu sabia que as pessoas não "viravam" gays, mas deve haver uma ocasião em que os gays se dão conta de que não gostam do sexo oposto, certo? E se eu fui essa pessoa? E se, ao me beijar, Lindsay pensou *Que nojento. Isso confirma: homens não são para mim.*

Mas então, de novo, poderia ser o oposto. Talvez a experiência dela comigo tenha sido tão incrível que ela pensou *Se não posso ter esse homem, não quero ficar com nenhum outro!* Eu preferia a última interpretação.

Independentemente de qual papel exerci em sua percepção como lésbica, por que Lindsay tinha me convidado para sair? Por que ela iria querer ver um cara com quem ficou anos antes? E junto com a namorada? Não fazia nenhum sentido.

Espere...

E SE EU ESTAVA ALI PARA UM SEXO A TRÊS?

Eu tinha pensado que o destino nos reunira para que eu pudesse encontrar o amor verdadeiro, porém algo mais importante poderia estar em curso: sexo com duas mulheres ao mesmo tempo. Realmente, o universo funciona de formas misteriosas e excitantes.

Mesmo enquanto eu considerava a possibilidade, sabia que tinha caído no clássico rapaz hétero que pensa *Como a sexualidade delas se relaciona COMIGO e com MINHAS fantasias?* Mas era possível, certo? Elas poderiam ser bissexuais. Lindsay parecia ter se atraído por mim no passado. Passei a maior parte do show tendo a seguinte conversa na minha cabeça:

Matteson Racional: Matteson, lésbicas são lésbicas porque elas NÃO se sentem atraídas por homens. Elas não o trouxeram pra um sexo a três.
Matteson Tarado: MAS TALVEZ TENHAM CHAMADO POR ISSO! NÃO SABEMOS! NÓS A BEIJAMOS DAQUELA VEZ.
Matteson Racional: Não, não é por isso que estamos aqui. Nós não estamos em um filme pornográfico em que qualquer encontro social pode terminar em sexo.
Matteson Tarado: ELAS PODEM QUERER UM PÊNIS DE VEZ EM QUANDO. É POSSÍVEL!

Não teve sexo a três, mas foi uma noite agradável. Lindsay e eu ainda tínhamos uma boa afinidade e gostei da namorada dela, cuja energia complementava a natureza tranquila de Lindsay. Entre as bandas, conforme os técnicos de som trocavam os instrumentos, falávamos sobre filmes e chegamos ao assunto Ryan Gosling.

— Ele é ótimo — Nicole afirmou. — Acho que é o único homem com quem eu transaria.

— Que coincidência — eu disse —, ele também é o único homem com quem eu transaria.

A beleza de Ryan Gosling transcende a sexualidade.

A conversa sobre Ryan Gosling levou até uma discussão sobre o filme *Diário de uma paixão*. É a história de como um jovem casal sobrevive a anos separados e inúmeros obstáculos para estar juntos. É o dramalhão romântico definitivo. Quando a namorada de Lindsay falou sobre o quanto ela adorou o filme, Lindsay revirou os olhos. Mesmo num relacionamento entre duas mulheres, alguém odeia filme de mulherzinha. Eu tinha a mesma opinião que Lindsay.

Porém, eu não tinha só desgostado de *Diário de uma paixão*, eu tinha odiado. Durante o filme, Ryan Gosling se comporta como um psicopata. Ele ameaça se jogar de uma roda-gigante se Rachel McAdams não sair com ele. Ele escreve uma carta para ela todos os dias. Ele compra e reforma uma casa que certa ocasião ela mencionou gostar. Tudo isso é bizarro, irreal, um comportamento assustador, e Ryan Gosling ser superatraente é a única razão pela qual as garotas acham que aquele filme é romântico. Se você o trocar por Steve Buscemi, *Diário de uma paixão* se torna um suspense aterrorizante.

No meio de meu discurso, enquanto explicava a Lindsay e Nicole como ninguém na vida real age como as pessoas nos filmes românticos, percebi que, naquele exato instante, eu agia como alguém em um filme romântico. Eu estava naquele show porque tinha ficado com Lindsay quatro anos antes e pensei que "significava" algo. Acreditava que o destino tinha mais uma vez reunido a mim e Lindsay, como se Deus tivesse dito: *Suspenda todos os meus compromissos até que eu tenha reunido Lindsay e Matteson. Vou resolver o problema da fome mundial depois disso!*

Pensei que tivesse aprendido minha lição com Kelly, mas ali estava eu de novo, seduzido pela Grande Narrativa Romântica. Ao fim da noite, Lindsay não veio correndo atrás de mim, não me perseguiu para declarar seu amor, não me beijou na chuva. As coisas podiam acontecer assim nos filmes, mas a vida não é como nos filmes, como de novo me foi recordado. Nosso final não foi épico nem incrível. A resposta para "E se?" foi *Vocês se tornaram amigos e saíram ocasionalmente, mas nada além disso, porque ela não curtia pênis.*

12.

Relacionamentos com data de validade

Tendo vivido por quatro anos em Nova York, eu ainda tinha muitos amigos por lá e decidi visitar a cidade no feriado de Quatro de Julho. A viagem começou com um churrasco na casa do meu amigo Robby em uma tarde tão úmida que a única coisa a se fazer era sentar e tomar uma cerveja gelada, o que era ótimo para mim. Embora eu estivesse feliz em ver todos os meus velhos amigos, outra convidada me chamou atenção, uma colega de Robby chamada Simone.

— Ela é muito dedicada ao trabalho — Robby explicou —, o que é bom para a carreira dela, mas ruim para a vida amorosa. Contei a ela que um amigo safado estaria na cidade, por isso ela deveria vir ao churrasco. Acho que ela está disposta a se divertir.

— Nós safados preferimos o termo *monogamicamente prejudicado* — retruquei —, mas, fora isso, eu topo.

Quando Simone chegou, Robby parou de fazer mímica de movimentos sexuais pouco antes de nos apresentar. Ele parecia estar ainda mais animado do que qualquer um de nós para que aquilo acontecesse.

— Vou deixar vocês se *conhecerem* — ele disse e saiu para verificar a carne na churrasqueira.

Do ponto de vista físico, Simone definitivamente era alguém com quem eu gostaria de "me divertir". Ela tinha um belo rosto cheio de sardas, um sorriso gentil e um belo corpo. Também parecia ser uma ótima pessoa. Quero dizer, eu tinha acabado de conhecê-la, então quem sabe, mas eu estava procurando por uma parceira sexual para o feriado, não vetando alguém para o FBI. Nossa conversa rápida não tocou no assunto da conspiração do pouso lunar ou o poder dos cristais... Isso bastava para mim!

No passado, se me dissessem que uma garota estava interessada em mim, eu teria ferrado tudo ao usar uma técnica de flerte conhecida como Organismo Parasita. Eu ficaria perto dela a noite toda, ignoraria meus amigos e praticamente a seguiria até o banheiro: *Estarei bem aqui fora, por isso é só gritar se você precisar de alguma ajuda!*

Mas agora eu estava ficando bom em namorar e conseguia flertar sem ficar como um presidiário recém-solto. Eu nunca orbitava Simone, mas fazia um contato visual ocasional e conversava sempre que estávamos perto um do outro. Ao fim da noite, eu estava bem certo de que poderia ficar com ela, mas decidi me segurar, pois estava exausto. Minha estada na cidade duraria mais dez dias e, se jogasse direito, poderia encontrá-la algumas vezes. Eu me despedi dela com um abraço e disse que esperava revê-la antes de deixar Nova York.

— Não conseguiu fechar o negócio, é? — Kate Middleton me perguntou no táxi, enquanto voltávamos para a casa deles.

— Isso, minha amiga, se chama cozinhar em banho-maria. Amanhã, vou ligar e convidá-la para tomar um drinque como um cavalheiro, em vez de um cachorro tarado desesperado para se dar bem.

— Mas você é um cachorro tarado desesperado para se dar bem — comentou Dustin.

— Amanhã, não vou estar bêbado. — Essa foi a única defesa que pude fazer.

De manhã, entrei em contato com Simone pelo Facebook. Eu tinha planos de fazer algo no East Village naquela noite, que era onde ela morava, então concordamos em nos encontrar para um drinque mais tarde.

Saí do jantar animado para vê-la, mas com um problema: Simone não morava de fato em East Village. Tecnicamente ela vivia a sudoeste de East Village, em NoHo, mas provavelmente não tinha contado porque ninguém quer admitir que mora em NoHo, o primo pobre do SoHo.

A despeito da geopolítica de Manhattan, quase dois quilômetros separavam Simone de mim — longe o bastante para ser desencorajador ir a pé, mas perto demais para pegar um táxi. Veja bem, dois quilômetros não é longe, particularmente em Nova York — eu tinha um trajeto que envolvia mais de dois quilômetros de caminhada quando eu morava lá —, mas agora eu vivia em Los Angeles, onde essa distância era MUITO longe.

Aqui vai uma lista completa de todas as razões pelas quais alguém caminharia essa distância em LA:

- A habilitação foi suspensa por dirigir embriagado.
- Está participando de uma caminhada beneficente para levantar fundos para tratar chihuahuas alérgicos a abacate.
- É um ator se preparando para um papel em um filme de ação chamado *O andarilho* (slogan: Você precisa caminhar... antes que morra.).

- Está praticando um pouco de exercício antes do apocalipse zumbi.
- Está protestando contra uma nova lei que aumenta em 5% os impostos de *frozen yogurt*.
- É um turista.

Para mim, era como usar uma máquina de fax: não me era desconhecido, mas por que usar essa tecnologia arcaica? Ainda assim, havia a possibilidade de sexo, então eu fui.

Em poucas quadras, eu estava suando em profusão. A transpiração corria pela minha testa e escorria pelo meu nariz. Minha camiseta ia de azul-claro pra azul-escuro. Parecia que eu tinha corrido uma maratona; tudo de que eu precisava era um Gatorade e um número no peito. A pior situação estava acontecendo abaixo do cinto, onde a umidade tinha causado uma condição clinicamente conhecida como "bunda melada".

Duas quadras antes de chegar ao bar, parei em uma farmácia, comprei desodorante, lenços umedecidos e talco de bebê. Depois, fui a um brechó e comprei uma camisa por 7 dólares. Em um canto escuro de um quarteirão relativamente calmo, joguei fora minha camisa suada, apliquei o desodorante, limpei o meu traseiro e joguei um pouco de talco nas minhas partes. Dei uma cheirada em mim mesmo. Nada mal. Eu conseguiria me livrar daquilo — "aquilo" no caso era "não parecer com um monstro suado do lixo". Caminhei o último trecho o mais devagar possível, disposto a evitar que meu corpo suasse mais.

— Você veio da Fourteenth? Essa foi uma longa caminhada para um noite tão quente — Simone disse, enquanto nos cumprimentávamos.

— Ah, nem notei. É ótimo estar de volta a Nova York e andar em vez de só dirigir.

Nós ficamos no bar por mais de duas horas, bebendo drinques e nos conhecendo melhor. Ela tinha nascido em Minnesota, era fã de esportes e uma das poucas pessoas que conheci que sabia tanto quanto eu a respeito de *Saturday Night Live*. A inteligência dela — ela fizera graduação e mestrado em faculdades consideradas as melhores do país — se misturava à criação do centro-oeste, o que criava uma sofisticação acessível.

Eu a acompanhei até sua casa, e, embora ainda estivesse quente, uma ligeira brisa cortou o calor nas ruas agora tranquilas da cidade. Claro que havia aquele cheiro de lixo quente constante de Nova York, mas, apesar disso, era uma cena bem romântica.

— Então, aqui é o meu apartamento — ela disse quando chegamos ao prédio. Ela se virou para me encarar, preparando-se para um beijo de boa-noite. Eu tinha passado tempo o bastante provando que era um cavalheiro. Agora era hora de ser ousado.

— Bem, acho que deveríamos entrar.

— Ok — ela respondeu com as sobrancelhas se erguendo em uma grata surpresa.

A tensão nos manteve quietos no elevador que subia até o andar dela. Nós andamos pelo corredor sem dizer uma palavra. Logo que a porta se fechou, peguei os ombros dela e a beijei com força, pressionando-a contra a parede. Ela me beijou de volta com a mesma intensidade e ficamos lá por cinco ou dez minutos antes de ir para o quarto, arrancando as roupas no trajeto. O sexo foi agressivo e acabou logo, nos deixando ofegantes. Depois de uma rápida pausa, transamos de novo, então fomos dormir por apenas duas horas antes de Simone ter que se levantar para o trabalho.

De manhã, tomei o elevador com um cara de terno fino que tinha a minha idade e provavelmente estava indo para algum trabalho em Wall Street. Eu, sujo e vestindo as mesmas roupas amarrotadas da noite anterior, estava claramente fazendo a "caminhada da vergonha". Porém, aí que está, eu não sentia nenhuma vergonha. Eu era o homem-objeto de uma poderosa executiva de Nova York! Não havia nenhuma vergonha naquilo.

Dois dias depois, no Quatro de Julho, Simone e eu nos espremmos em uma mesa redonda com seis dos meus amigos. Fogos de artifício estouravam sobre o East River, mas não queríamos sair do ar-condicionado do bar, imaginando que seria mais patriótico continuar a beber de qualquer maneira. Acima da mesa, Simone e eu conversávamos com o grupo, mas, por baixo, nós tínhamos uma conversa privada e não verbal. Uma revirada de olhos de Kate Middleton me indicou que não estávamos sendo tão discretos quanto pensamos.

Por volta das duas da manhã, saímos do bar. Havia um papo de beber mais em outro lugar, mas nós dois fomos embora. Na última hora, o flerte de mãos tinha evoluído para promessas sussurradas a respeito do que faríamos um ao outro naquela noite. Finalmente sozinhos no táxi (taxistas não contam como pessoas), começamos a nos beijar antes de chegar ao primeiro semáforo.

À medida que o sol começou a serpentear entre os arranha-céus de Manhattan na manhã seguinte, ainda estávamos acordados, trocando carícias e olhando a vista do 14º andar. Em vez de ficar na casa de Dustin e Kate Middleton, onde eu tinha um colchão de ar com um vazamento e um ventilador insuficiente, eu estava na cama com uma mulher nua, envolto em ar-condicionado. Este era o cenário exato que eu esperava quando tinha começado O Plano — voar para cidades ao redor do mundo para desfrutar de duas das minhas paixões: ir para a cama com mulheres estranhas e climatização central.

Pela primeira vez desde que eu começara a sair casualmente, o afago pós-sexo não parecia estranho. Eu poderia curtir o caso sem me preocupar em dar a ideia errada a Simone com meus afagos maravilhosos, pois partiria dali alguns dias. Eu tinha tropeçado na situação perfeita: um relacionamento com data de validade. Tínhamos as coisas boas de um relacionamento (sexo, intimidade, diversão) sem nenhum dos efeitos colaterais desagradáveis (comprometimento, conversas sérias, sentimentos ruins ou nojentos).

———

— Então a nota do seu pênis é um — Simone disse.
— Como é?

Eu estava quase dormindo e torci para ter entendido mal. Eu não esperava uma recomendação entusiasmada do meu pênis, mas nota um? Sim, ele era feio e estranho, mas todos os pênis eram assim. Comparado com um pôr do sol ou uma pintura do Monet, claro, meu pênis merecia nota um, mas, contra outros pênis, eu senti que tinha uma chance de vencer.

Simone viu o olhar de medo no meu rosto e continuou:

— Não, um é uma boa nota. Minha amiga e eu temos uma teoria de que, em vez de julgar pênis em tamanhos objetivos, com maior sendo melhor, devemos fazer ajustes individuais. Então, julgamos em uma escala que só funciona para nós. Menos de um é pequeno demais para mim, e mais de um é grande demais, assim, um é a medida perfeita.

— Ok... — respondi, ainda sem saber como receber essa informação.

— É bom! Confie em mim! — ela me disse.
— Bem, obrigado, então. Ou eu deveria dizer "de nada"?

Saímos mais uma vez antes de eu partir, e a nossa última noite, como as duas primeiras, consistiu em bebida e sexo. O café da manhã do dia seguinte foi a primeira vez que estivemos juntos sozinhos, sóbrios e sem estar fazendo sexo. Foi um pouco estranho. Conversas que fluíam com facilidade quando estávamos nus pareciam artificiais em um cenário normal de encontro. Era esquisito ter uma conversa fiada com alguém que tinha ranqueado o seu pênis.

— Sua oferta para ficar na sua casa quando eu for a Los Angeles ainda está de pé?

Ela tinha mencionado uma viagem para visitar amigos quando saímos da última vez, mas eu não me lembrava de ter dito que ela poderia ficar comigo. Não iria corrigi-la, mas eu tinha quase certeza de ter dito "vamos sair enquanto você estiver lá".

— Claro — respondi, decidindo que iria me preocupar com a visita quando chegasse a hora. Por enquanto, tinha coisas mais importantes pra pensar (o Burning Man estava apenas a poucas semanas).

Fazia dez meses desde a separação e oito meses desde que tinha começado a "sair" novamente. Nesse período, saí com quase vinte mulheres diferentes e transei com cinco delas. Não era exatamente uma estatística comparável aos pontos de Wilt Chamberlain na NBA, mas, para mim, era muita coisa. Além disso, eu certamente iria aumentar meus números no Burning Man. Talvez eu transasse com cinco mulheres só naquela semana. Talvez eu transasse com cinco mulheres logo no primeiro dia!

13.

Bem-vindo ao lar?

Minha aventura no Burning Man começou em San Francisco, em uma loja em Haight-Ashbury, onde comprei roupas de "Playa". Era o tipo de roupa que as pessoas usavam no evento. (O deserto onde o Burning Man acontecia era chamado de Playa — "praia" em espanhol). Roupas de Playa incluem, geralmente, uma ou todas estas coisas: cores brilhantes, luzes, roupas de fetiche, máscaras, lingerie e roupas de brechó que costumavam pertencer àquela professora de arte que você tinha certeza de que fumava muita maconha. Basicamente, você fica com o visual de uma criança de cinco anos cujos pais a deixaram se vestir sozinha.

Estava fazendo compras com um amigo de Grant chamado Logan, que ia de carro comigo até o Burning Man. Até aquele momento, minha grande aquisição tinha sido uma pulseira de couro. Estava longe de ser extravagante, algo que você veria no braço de um vendedor ordinário do mercado de orgânicos, mas, como eu nunca usava penduricalhos, parecia MUITO SELVAGEM. Na verdade, quando usei o bracelete do lado de fora da loja, imediatamente me senti constrangido e tirei. Não tinha necessidade de já começar a minha autoexpressão radical.

Se me senti estranho com uma pulseira de couro nas ruas de Los Angeles, certamente não iria comprar nada da segunda loja que visitamos, que parecia o armário de um palhaço tarado. Todas as roupas eram bregas, apertadas e da sessão "elétrica" do círculo de cores. Eu estava fuçando em uma prateleira de calças quando uma vendedora vestindo uma calça boca de sino amarela e um top laranja néon (uniforme da loja) me perguntou se eu precisava de ajuda.

— Só estou olhando — respondi.

— Chuto que você está indo ao Burning Man. Gostaria de calças brilhantes?

Ela disse isso como se calças brilhantes fossem essenciais para a humanidade, como água.

— Eu diria que não estou bem afinado no departamento de calças brilhantes.

Ela perguntou o meu tamanho, selecionou seis pares de calças de cores e estampas diferentes, me pegou pela mão e me levou aos fundos.

— É um provador feminino. Você se importa?

— Ah, tudo bem.

O Burning Man tinha começado.

Ela abriu a cortina para revelar uma área de cinco metros quadrados ocupada por mulheres de topless e dois sujeitos irlandeses enormes com roupa de baixo. A cada par de calças diferentes que eu experimentava, a vendedora aparecia e falava coisas como *Caramba, sua bunda ficou incrível nesta aqui* ou *Você vai pegar geral com esta*. O que estou dizendo é que ela era boa no que fazia.

Eventualmente, fiquei com uma calça bem justa azul-claro, digna de um patinador artístico.

— Excelente escolha — ela disse. — Você estaria interessado em comprar uma gravata-borboleta combinando?

CLARO QUE SIM, eu estava interessado em comprar uma gravata-borboleta combinando.

———

No dia seguinte, Logan e eu nos levantamos antes do nascer do sol para irmos em direção ao deserto. No caminho, paramos para pegar uma amiga de Logan, Alenka, embora eu não tivesse certeza de que tínhamos espaço para uma terceira pessoa e seus pertences. O porta-malas estava quase lotado e ainda precisávamos comprar comida, água (26 litros recomendados por pessoa) e bebida alcoólica (26 litros recomendados por pessoa).

— Acha que vai caber tudo isso? — Alenka perguntou. Ela tinha nascido na Estônia, foi parcialmente criada nos Estados Unidos e agora vivia na França. Alenka falava com um sotaque sutil, estranho e bonito. Ela tinha as características faciais angulares do Leste Europeu e seu corpo atlético era evidente, apesar do moletom com capuz que usava. Na calçada, estava uma enorme pilha de coisas delas. Eu não conseguia ver como fazer tudo aquilo caber no carro.

— Vou fazer tudo isso caber no carro — afirmei. Incrível do que você é capaz quando uma mulher atraente pede.

Paramos em Reno para fazer compras em um supermercado cheio de gente que ia para o festival, com carrinhos cheios até a boca e gritando conselhos a torto e a direito. A quantidade de rastafáris, tatuagens e "espíritos livres" era grande, até mesmo para um supermercado. Pensei que o supermercado em que paramos a seguir fosse ser menos popular entre os Burners, já que era um Walmart, mas estava ainda mais lotado, com fila de quatro carrinhos em cada um dos caixas. Passar uma semana sem poder comprar nada demandava comprar muita coisa. Com os nossos suprimentos assegurados, deixamos a civilização.

O Burning Man ficava a cerca de 160 quilômetros de Reno. Os primeiros trinta quilômetros eram por um caminho tranquilo em uma rodovia interestadual. Os outros 130 quilômetros eram por um caminho esburacado em uma estrada pequena do interior, o que resultaria em sete horas de viagem.

Nós nos arrastamos ao longo do trajeto, raramente passando de oitenta quilômetros por hora e às vezes chegando inclusive a parar. Logan e eu conversávamos bastante. Alenka alternava entre dormir e surtos de perguntas rápidas sobre uma ampla variedade de tópicos: *De onde você é? Será que tem chuveiros no Burning Man? O que você pensa a respeito da morte? Como é o Brooklyn? Quanta arte há no Burning Man? Quem é Quentin Tarantino?* Ela parecia a estudante de intercâmbio gostosa que eu torcia para aparecer no ensino médio.

Passamos por uma cidadezinha, parte de uma reserva indígena, um pontinho da civilização em meio a trechos de terra estéril. Cada casa e loja foi dedicada a servir os Burners. Cartazes pintados à mão propagandeavam suprimentos para acampamento, roupas de Playa e bicicletas para aluguel. Uma nota promovia os serviços do "Único advogado em duzentos quilômetros". A maioria do faturamento da população vinha durante a semana do Burning Man, para o bem ou para o mal.

Éramos desconhecidos pela manhã; já à meia-noite Logan, Alenka e eu parecíamos colegas de quarto, com piadas internas e tirando sarro um do outro. O céu escureceu completamente e uma serpente de luzes vermelhas se estendeu diante de nós na escuridão. Nossa energia subia e caía enquanto tentávamos lidar com o purgatório em que estávamos presos: no Burning Man, mas não ainda no Burning Man.

Conforme íamos centímetro a centímetro em direção ao nosso destino, parte da minha excitação se transformou em nervosismo a respeito de um aspecto em particular: as drogas. Muitas pessoas vão ao Burning Man e ficam sóbrias o tempo todo, mas drogas eram bem comuns lá.

Eu só tinha usado uma droga mais "pesada" do que maconha uma vez na minha vida, uns dois meses antes em um show do Phish, quando estava em Nova York. Eu não era fã da banda, mas Grant tinha um ingresso sobrando e pensei que poderia ser uma boa oportunidade de experimentar algumas drogas. Poucos minutos antes da banda subir ao palco, Grant jogou meia dúzia de cogumelos na minha mão. Os fungos murchos cinza, cada um com cerca de cinco centímetros, se pareciam com algo que você encontraria durante a limpeza de uma geladeira suja.

— Isso é uma dose? — perguntei. *Dose*. Olhe para mim, usando gírias das drogas!

Grant assentiu. Olhei para o monte de cogumelos de novo. Parecia mais de uma dose para mim. Não deveria ser um cogumelo por dose? Colocá-los na minha mão como um *pot-pourri* não parecia uma boa unidade de medida, mas eu os botei na boca de qualquer jeito. O gosto era horrível, o tipo de sabor que faz seu corpo dizer ao seu cérebro: *Estamos comendo veneno. Vou continuar mastigando e vou engolir, como você manda, mas, só para você saber, isto é veneno.*

Depois de me preocupar pela primeira hora que pudesse vomitar, pude relaxar e adentrar na sensação. Meu corpo formigou, o show de luzes hipnotizava, e a música fazia minha mente ficar em uma prazerosa deriva. Decidi que gostava de viajar. Era divertido!

Então, minha primeira e única experiência com drogas foi positiva (a não ser por me fazer gostar do Phish), mas eu ainda estava nervoso sobre o Burning Man. Sempre fiquei nervoso perto de drogas. Isso era por causa do programa de educação antidrogas do ensino fundamental que tinha funcionado MUITO comigo, ao me convencer de que as drogas não eram apenas insalubres ou perigosas, mas inerentemente erradas e malignas. Aos dez anos, fiz um juramento de sempre dizer não às drogas e, se necessário, delatar com prazer quem as usava. Eu era um americano orgulhoso, ansioso para ajudar George Bush Sr. a vencer a guerra contra as drogas.

Na faculdade, quando beber e fumar maconha tornou-se onipresente, minha atitude abrandou. Talvez as raízes da planta de marijuana não se estendessem até o inferno. Mas, além de fumar maconha bem ocasionalmente, eu ainda não usava drogas e até mesmo ficar perto de gente usando-as era raro.

Contudo, meu ano solteiro significava tentar coisas novas, então eu queria experimentar drogas no Burning Man. Mas eu me preocupava com que a minha inexperiência me fizesse parecer tolo. E se eu cheirasse um pouco de cocaína e todo mundo me encarasse tipo *Você não sabe que esse tipo de cocaína é para ser enfiada na bunda?*, e então eu seria o idiota que não sabia diferenciar cocaína normal de cocaína da bunda.

Saber que Grant estaria lá me acalmava um pouco. Depois do nosso teste de sucesso no show do Phish, ele concordou em ser o meu Guia Espiritual das Drogas. Eu lhe pedi para trazer um pouco para mim do que conseguisse e para me explicar como usar. Com a orientação de Grant, eu conseguiria passar por aquilo, eu poderia ser um drogado.

Por volta de uma da manhã, saímos da estrada para o leito seco do lago sedimentoso, a "Playa". Estávamos perto, mas o nosso progresso continuou lento. Em outra parada, uma mulher pulou para fora do trailer atrás de nós, tirou a blusa e começou a dançar de topless diante das luzes. Ela girou e rodopiou, com o cachecol na mão atrás dela se contorcendo ao vento. As pessoas buzinaram em apoio e outras pessoas se juntaram à celebração da mulher.

— Já é hora da cerveja? — Alenka perguntou.

Alenka queria uma cerveja havia muitas horas, mas eu, um caxias até mesmo no Burning Man, tinha pedido que esperasse. De acordo com a internet, agentes locais da lei eram rápidos em barrar Burners que queimavam a largada da festa. Ainda estávamos dirigindo, mas, se eu tinha aprendido alguma coisa com os comerciais de cerveja, era que uma mulher dançando de topless sob os faróis de um veículo significava que era hora de uma cerveja. Logan pegou uma garrafa grande no porta-malas, tirou a tampinha e brindamos à nossa (quase) chegada. Meia hora depois, estávamos na entrada.

Normalmente, nos portões de entrada, a galera do comitê de boas-vindas pede que as pessoas saiam de seus carros, dá um abraço nelas e diz "Bem-vindo ao lar". É um cumprimento comum no Burning Man. Como "aloha" no Havaí, que as pessoas usam para oi, tchau e muitas outras coisas. Depois do cumprimento, as donzelas do Burning Man tocam um sino especial e fazem um "anjo de Playa" na areia.

Nós não recebemos essas típicas boas-vindas espirituosas. Uma poderosa tempestade de areia tirou o entusiasmo da nossa saudação. O embaixador entregou-nos guias de informação e nos apontou a direção do nosso acampamento.

De longe, conseguíamos ver as luzes, mas, à nossa volta, na estrada mais distante do centro de Black Rock City, havia apenas escuridão. Poucos dos trailers, das barracas e das estruturas de andaimes estavam acesos. Pessoas com óculos de proteção e máscaras emergiam da tempestade de areia, inclinando-se contra o vento, visíveis apenas por um momento antes de se evaporar no branco. Parecia pós-apocalíptico.

Saltamos no lugar do nosso acampamento e o encontramos vazio e escuro. Sem anjos de Playa, sem sinos, ninguém ali para nos receber. A energia que brotava dentro de mim, a ponto de explodir, não tinha para onde ir. Era como se eu tivesse disparado uma arma só que, em vez de uma bala, saiu uma bandeira com um "Bang" escrito nela.

Vinte minutos depois, vimos um grupo de pessoas decoradas em várias cores néon, luzes que piscavam e casacos de pele caminhando pela estrada em direção ao nosso acampamento. Saí do carro para ver se nós os conhecíamos. Um homem alto, vestindo uma cartola vermelho sangue e um colete de pele da mesma cor, correu na minha direção. Só quando ele me abraçou fui perceber que era Grant.

— Bem-vindo ao lar! — ele gritou.

O restante do grupo cercou Logan, Alenka e eu e nos atacou com abraços e nomes. Agora eu estava animado! Revirei minha mala em busca das minhas calças azuis brilhantes e as vesti ali mesmo. Grant me entregou uma cerveja e um comprimido.

— É um molly — ele disse.

— O que é molly?

— É como ecstasy. Apenas tome.

Assenti com a cabeça e obedeci ao meu Guia Espiritual das Drogas: joguei o comprimido na boca e o engoli com um pouco de cerveja. Pelo jeito, iríamos começar logo com isso.

Fui em direção à Playa com Grant e alguns outros. A tempestade de areia tinha baixado, tornando as luzes visíveis e distintas. As pessoas vinham de todas as cores, a maioria piscando, girando ou se movendo, todas conectadas a algo, fosse um ser humano, uma escultura ou um veículo mutante — os carros modificados que circulavam por toda a Playa, metade transporte, metade obra de arte móvel.

Caminhamos para o que parecia ser um pagode chinês. A estrutura, do tamanho de um grande celeiro, era poderosa e de mau presságio sobre a paisagem plana do deserto, mas de perto as madeiras trabalhadas pareciam rendas. Esse era o Templo, o centro espiritual do Burning Man e a última coisa a ser queimada no fim da semana. Ainda incompleto, uma fita amarela o isolava, de modo que uma equipe de construção pudesse trabalhar durante a noite para terminar uma estrutura que, seis dias depois, queimaria até virar pó.

A distância, no meio de tudo, estava o Homem que dava nome ao evento, uma efígie de néon gigante alcançando o céu. Eu fiquei um pouco chocado quando dei uma olhada naquilo. Um ano antes, deprimido depois de ter sido chutado, eu ouvia a respeito da viagem incrível de Grant, e agora eu estava ali, experimentando por mim mesmo.

Duas horas depois, voltamos ao acampamento e me juntei a algumas pessoas que bebiam cerveja. O grupo jovial ria, se abraçava e cantava, mas eu não consegui me integrar. Fiquei na beira da festa, observando em silêncio, e minha emoção foi virando ansiedade. Eu não conhecia ninguém além de Grant, e todos os outros pareciam ser amigos a vida toda. Sem mencionar que todos estavam muito à vontade com as roupas estranhas, a festa, a nudez e as drogas.

Eu me senti como uma criança em sua primeira noite no acampamento: animado com o que viria, mas também com saudades de casa e preocupado em fazer amigos. E se as drogas, as pessoas e as esquisitices fossem demais para mim? Talvez eu fosse muito careta para o Burning Man. Meu último pensamento antes de cair no sono foi: *Não sei se isto é para mim. Espero que consiga durar sete dias aqui no deserto com essas pessoas.*

14.

Segunda-feira Ácida

Alguns dos meus colegas de acampamento tinham uma tradição conhecida como Segunda-feira Ácida. Funcionava assim: na noite de segunda-feira, eles tomavam um ácido. Era uma tradição simples, assim como as melhores tradições.

Enquanto eu passava o dia explorando Black Rock City, um poço de nervosismo abriu crateras no meu estômago. Pensei em como seria tomar LSD. Não queria surtar durante alguma alucinação e parecer um idiota na frente desses usuários de drogas profissionais.

Depois do jantar, Grant me entregou uma bala de goma laranja com uma dose líquida de LSD e eu a coloquei em minha língua como uma hóstia psicodélica. Alenka, sentada à minha frente, do outro lado da mesa, rolou sua bala de goma para a frente e para trás na palma da mão, se perguntando se deveria ou não tomar aquilo. Ela nunca tinha nem experimentado maconha.

— Eu não sei se devo — ela disse. — Talvez eu devesse. Já estou cansada de qualquer forma. Posso apenas ir para a cama mais cedo.

Ela olhou de relance para mim, silenciosamente pedindo minha opinião.

— Acho que você deveria tomar — eu disse. — Também nunca experimentei antes. Vamos ficar juntos e nos manter seguros, e aposto que vai ser uma grande noite. E poderemos sair do Burning Man sem arrependimentos.

Eu estava convencendo a ela tanto quanto a mim mesmo. Alenka enfiou o doce na boca.

— Vamos viajar — ela disse.

Sim, vamos.

Depois de cerca de vinte minutos, minhas mãos e meu couro cabeludo começaram a formigar. Então todo o meu corpo parecia alerta e cheio de adrenalina. Perguntei como Alenka estava.

— Não estou sentindo nada. Talvez o meu não tenha funcionado.

Quando saímos do acampamento, para as luzes convidativas da Playa, pela primeira vez, me senti como parte do grupo, unido a eles pela nossa viagem compartilhada. O que quer que acontecesse na minha primeira vez com o ácido, estávamos juntos, um pelotão de exploradores psicodélicos marchando rumo ao nosso destino.

Pelos trinta minutos seguintes, me maravilhei com o cenário ao meu redor. Sob efeito do LSD, a Playa era ainda mais brilhante e barulhenta, como se o botão de volume do mundo tivesse sido girado ao máximo.

Caminhamos até o Homem. A base era um grande edifício de três andares, com uma série de varandas arqueadas. No topo, o Homem se esticava para cima por mais quinze metros, uma estrutura esquelética forrada com luzes de néon laranja, girando lentamente.

Vagueei dentro da estrutura de base e subi as escadas para uma janela no terceiro andar, logo abaixo dos pés do Homem. Diante de mim, estendia-se uma vasta escuridão quebrada por luzes. Eu me sentia como um astronauta observando as estrelas no espaço. Era lindo, dinâmico e um pouco assustador.

Quando voltei para fora, nosso grupo se separava em diferentes direções. Alguns já tinham ido até o Templo, enquanto outros, incluindo Grant, queriam ir a uma festa. Hesitei, sem querer me separar do meu Guia Espiritual de Drogas, mas também curioso para ver o interior do Templo à noite e sob efeito do ácido.

— Acho que vou atrás dos outros no Templo — contei a Grant.

Ele me deu um abraço e disse:

— Divirta-se.

Enquanto eu ia embora, ele me observou como um pai que deixa o filho na faculdade, feliz em me ver seguir meu próprio caminho, mas um pouco preocupado com o que seria de mim.

Conforme me aproximava do Templo, me ocorreu que o LSD e a loucura do Burning Man poderiam deixar bem difícil encontrar meus colegas de acampamento. Eu poderia acabar sozinho, sem Guia Espiritual de Drogas e sem amigos.

Normalmente, me separar do meu grupo em uma festa teria ameaçado arruinar minha noite, mas senti uma paz por vaguear sozinho. Eu não precisava de uma festa, porque havia uma acontecendo no meu corpo. Se não encontrasse meu grupo, poderia passar a noite explorando o Burning Man e minha psique interior. Na verdade, seria bom para mim. Eu poderia atingir a iluminação. Ou, melhor ainda, conhecer uma garota.

— Matteson! — alguém chamou.

Oh, graças a Deus, uma pessoa que conheço, não preciso ficar sozinho.

Virei-me e deparei com Brian, um canadense magro do meu acampamento. Ele estava com um cigarro na boca e vestia um casaco de pele velho e sarnento e legging azul. Visual clássico do Burning Man.

— Onde estão todos os outros? — perguntei.

Ele indicou o Templo com a cabeça.

— Então. Não é bom lá dentro — ele disse.

— Por que não?

— Você vai ver.

Eu o deixei a cerca de vinte metros da entrada, o mais perto do Templo que se podia fumar. Não queriam que alguém queimasse o lugar acidentalmente antes que fosse queimado de propósito.

Na TV e nos filmes, pessoas sob o efeito de ácido experimentavam alucinações repletas de dragões brilhantes, flores e arco-íris. Eu não passei por isso. Para mim, as imagens do LSD eram apenas leves alterações. Luzes deixavam uma trilha; padrões mudavam e se moviam; sombras pareciam estar vivas por uma fração de segundo. E só. Mas, embora não tivesse acontecido uma conversa com o fantasma de Abraham Lincoln, algumas das coisas que vi com o LSD me deixaram bem louco. O Templo me deixou bem louco.

A madeira trabalhada, iluminada pelas luzes brilhantes, se contorceu e ganhou vida. Cada superfície tremia, como se estivesse liquefazendo. Pessoas lotaram a câmara central e parecia que eu podia ouvir cada palavra, cada risada, cada suspiro. A construção, os sons, as luzes e as pessoas estavam em sincronia, pulsando, como se alimentadas por algum coração profundo debaixo da terra.

Voltei até Brian.

— Sim, não é bom lá dentro.

Esperamos os outros saírem, mas, depois de trinta minutos, era hora de um resgate. Encontramos alguns deles no meio do Templo, deitados de costas e olhando para o teto.

Tentamos levantá-los, mas, não importava o quanto tentássemos explicar que lá "não era bom", eles não se levantavam. Por um momento, consegui a atenção de Alenka quando ela olhou fundo em meus olhos, através das minhas córneas, dentro da minha alma. Eu me preparei para ouvi-la falar algo incrivelmente perspicaz.

— Acho que a droga está funcionando — Alenka disse.

Imagino que sim.

Brian e eu nos sentamos ao lado de Alenka e Puffin [papagaio-do-mar], um britânico do nosso acampamento assim apelidado porque seu tipo de corpo lembrava o da ave de peito largo. Por alguma razão, Brian e eu, viajando no ácido, começamos a falar sobre Nicolas Cage. Puffin saltou na vertical, se chacoalhando do seu transe. Ele falou com um sotaque tão apropriado quanto o da rainha.

— Alguém está falando do Nic Cage no Templo?

— Sim — respondi.

Fiquei envergonhado, mas Puffin assentiu como se eu estivesse falando sobre algo muito sábio. Ele aprovou o meu espírito animal não tradicional.

Uma parte do nosso grupo saiu do Templo e começou a caminhar sem nenhum destino em particular na cabeça. Além da periferia do Templo, deslizamos para a escuridão do deserto, dando uma pausa às minhas percepções sensoriais. Ficar longe do som e da luz fez com que eu me sentisse bem, como mergulhar em um lago gelado em um dia quente.

O nivelamento da terra tornava difícil determinar a distância. Só quando olhamos para trás e vimos quão pequeno o Templo tinha ficado, foi que tivemos certeza de estarmos nos movendo. Seguimos para uma instalação de arte que parecia uma mola gigante feita de néon e deitamos sob ela, hipnotizados pelas luzes girando acima de nós.

Depois, subimos a bordo de um navio pirata em tamanho real, feito para parecer um naufrágio no meio do deserto. Em seguida, passamos por um carro alegórico em forma de um polvo metálico gigante que vomitava fogo e cujos tentáculos se moviam para cima e para baixo. Um cogumelo brilhante que disparava música *techno* passou por nós, seguido por três *cupcakes* motorizados. Ficamos o mais quietos que pudemos em um "ovo de meditação", porém acabamos correndo para fora em um ataque de risos. Dentro de uma casa de espelhos, nós nos assustamos repetidas vezes. Bebemos dos seios de um minotauro, mas não encontramos leite, e sim um coquetel White Russian.

Por toda a minha vida, nunca tinha entendido por que as pessoas usavam drogas, mas, naquela noite, desvendara o mistério: era porque drogas eram muito legais! Eu ria e ria, com frequência até chorar, até ficar com falta de ar e colocar a mão na barriga. Tudo o que encontrava parecia novo, não só para mim, mas para a existência, como se acabasse de ter sido inventado.

O LSD também tinha um componente emocional. Eu estava criando um vínculo com aquelas seis pessoas. No fim da noite, não nos sentíamos como seis indivíduos, mas como seis partes de um todo. Se um de nós precisava ir ao banheiro, bem, então todos nós tínhamos de ir ao banheiro e marchávamos e procurávamos a latrina mais próxima juntos. Esse vínculo não era temporário; eu me sentiria mais confortável com essas pessoas pelo resto da semana.

Eventualmente, voltamos ao acampamento e tivemos uma alegre reunião com os outros.

— Onde vocês estavam? — Grant perguntou.

— Não sei — respondi. — Andando por aí.

— Vocês sumiram por cinco horas.

— Hã — foi tudo o que consegui dizer.

Quando me preparei para dormir, pensei no quanto eu tinha mudado nas últimas vinte e quatro horas. No dia anterior, eu estava nervoso a respeito de tomar drogas e incerto se eu nem sequer deveria estar no Burning Man. Agora, tinha seis novos melhores amigos e amava LSD. Oh, e também entendia a música dos Beatles "Lucy in the Sky with Diamonds". Saquei os tais "olhos de caleidoscópio". Entendi qual era a de vocês, John e Paul, entendi. Porque agora sou um drogado.

15.

Você precisava estar lá para entender o Burning Man (mas vou explicar mesmo assim)

Minhas manhãs no Burning Man começavam todas iguais, comigo acordando e pensando: *Não sei se consigo continuar a fazer isso pelo resto da semana*. Eu estava me divertindo, mas o ambiente extremo cobrava seu preço. Não importava o quão tarde eu fosse para a cama, o calor tornava impossível dormir depois de dez da manhã, então eu sempre acordava esgotado. Tropeçava pra fora da barraca e, usando apenas cueca, caminhava por cinco minutos até as latrinas. Vestir nada além de roupas íntimas em público normalmente me deixaria mortificado, mas as mulheres de topless e os velhos pelados disfarçaram meu pudor.

Nudez à parte, Black Rock City parecia uma comunidade tranquila no período da manhã. As pessoas se sentavam diante de seus acampamentos e bebiam café, outros transportavam suprimentos em carrinhos, e sempre havia alguém construindo algo. Era praticamente Amish, embora as pessoas estivessem levantando antros de peiote em vez de celeiros. Esse senso de comunidade e meus amigos no acampamento me animavam, e logo eu esquecia o quão cansado, suado e dolorido estava.

Toda tarde, meu acampamento promovia uma festa que durava cinco horas, com música e bebida à vontade. Foram essas festas que demos para a comunidade do Burning Man, como nossa contribuição para aquela economia presenteira.

Não há (quase) nenhum comércio no Burning Man — nenhuma barraquinha de lanches, nenhum vendedor de camiseta, nenhuma loja de suprimentos. Não era permitido a ninguém vender nada. As únicas coisas que se podiam comprar no Burning Man eram gelo e café. O gelo porque seria muito difícil manter a comida fresca sem isso, e café para levantar dinheiro para a comunidade próxima, como um agradecimento/pedido de desculpas.

A ideia por trás da proibição do comércio é incentivar a autossuficiência e a generosidade. Alguns confundem isso com um sistema de troca, mas o presenteiro é diferente. Não é "vou trocar algumas pilhas por fita adesiva". Presenteiro significava contribuir com a comunidade na boa-fé de que tudo o que precisar/quiser será provido pelos outros. Existem acampamentos de alimentação, de festas, spas, bares, jogos, sonecas etc. Tudo que você pudesse precisar, havia chances de o acampamento providenciar de graça. O nosso acampamento provinha daiquiris gelados... Essencial!

Enquanto eu cuidava do bar em uma das nossas festas, um amigo me apresentou a outra nova droga: cocaína. Ele começou a me entregar o saquinho, mas recusei com um aceno de mão.

— Não, eu não sei fazer isso. Deixe uma pronta para mim. Apronte uma cocaína.

Ele pegou um pequeno monte de pó branco com a ponta de uma chave e segurou-a debaixo da minha narina. Eu cheirei, senti um formigamento no meu seio nasal e um gosto de remédio no fundo da garganta.

Sabe quando, nos filmes, as pessoas que cheiraram cocaína falam o quão bem elas se sentem? É porque a cocaína faz você se sentir realmente bem! Parecia que eu tinha acabado de acordar da melhor noite de sono da minha vida, em uma cama feita de nuvens, ao lado de uma supermodelo herdeira de uma fortuna em diamantes. Sacudi coquetéis, conheci gente, dancei e ri e, minha nossa, eu era TÃO bom naquilo — EU ERA O MELHOR BARMAN DA HISTÓRIA. Que loucura era essa de cocaína ser uma droga? Era mais pra um elixir de saúde ou vitamina de aspirar dos Flintstones.

Eu entendia como algo tão bom poderia se tornar um problema, então prometi a mim mesmo que não usaria quando voltasse pra casa. Seria fácil para a cocaína se enfiar no dia a dia.

- *Oh, ir à balada será muito mais legal louco de cocaína. É só no fim de semana, não tem problema.*
- *Oh, ir ao bar será muito mais legal louco de cocaína. Quinta-feira é praticamente fim de semana, não tem problema.*
- *Oh, ir à lojinha da esquina será muito mais legal louco de cocaína. É segunda-feira, mas todo dia é fim de semana quando se está sob o efeito de cocaína, não tem problema.*

Nos dias em que eu não trabalhava como barman, ia explorar. As expedições começavam com um destino específico na cabeça, uma performance, uma festa ou um acampamento de comida, mas eu raramente chegava ao lugar pretendido. Havia muitas distrações ao longo do caminho.

Oh, ali tem uma gangorra gigante que sobe cerca de seis metros no ar. Era melhor eu subir naquilo. E ali estava um cara com uma bandeja cheia de panquecas, e ele não vestia nada além de um coldre para pendurar a garrafinha com calda doce. Eu poderia comer umas panquecas. O que é aquilo ali a distância? Um homem surgindo lá no deserto, surfando na areia em uma prancha de skate, puxado por uma pipa gigante. Eu deveria assistir por um tempo. E não, não vou mesmo passar por esse rinque de patinação/discoteca sem dar uma volta.

As pessoas, bem como a nudez delas, eram fascinantes também. Embora não fossem as muitas mulheres de topless que ficavam mais na minha cabeça, e sim um pênis. Um pênis enorme. O maior que eu já vi na vida. Pelo menos uns 25 centímetros de comprimento, mole e tão grosso quanto uma baguete. Se eu tivesse visto esse pênis em um filme, eu imaginaria que era computação gráfica, mas ali estava, em carne e osso (caramba, muita carne).

Casualmente fiquei perto do homem, dando tantos vislumbres quanto possível. Parecia uma falácia científica chamar do mesmo nome, *pênis*, o que eu tinha e o que ele tinha. Um gato doméstico e um leão são ambos tecnicamente felinos, mas só é possível adotar um deles na feira de animais local. Não conseguia imaginar que houvesse uma mulher no mundo para quem esse pênis seria nota "um".

Descartei ficar completamente nu, não só por causa da timidez mas também por motivo de conforto e segurança. Vários homens no Burning Man ficavam à vontade demais com seus pintos pro meu gosto. Em canteiros de obras no mundo real, as pessoas usavam botas com bico de metal e capacetes, mas aqui eu vi um cara batendo pregos usando apenas uma daquelas saqueiras esportivas. E queimaduras de sol no pênis? O meu tinha sido menos exposto ao sol que um vampiro, e eu não pretendia arriscar transformá-lo em pó.

Nem todas as minhas andanças foram dedicadas à contemplação de pirocas. Quando voltei ao Templo na luz do dia, pude ver que as paredes estavam tomadas de fotos de entes queridos que tinham partido, mensagens rabiscadas na madeira e bibelozinhos. Ao fim da semana, essas coisas iriam queimar com o Templo, fornecendo liberação psíquica para a pessoa que as tinha colocado lá.

Uma bola de futebol americano de espuma era usada para marcar a vez das pessoas que se revezarem em compartilhar histórias de perdas, corações partidos e morte. Quando eles terminavam, geralmente em lágrimas, rolavam gritos de apoio, aplausos e abraços coletivos. Parecia uma mistura de um encontro do Alcóolicos Anônimos e um funeral — ou seja, nada divertido. E eu estava no Burning Man para me divertir. Ainda assim, fiquei por um tempo ali. Apesar da minha apreensão inicial, ouvi atentamente enquanto as pessoas falavam sobre sofrimento, perda e a natureza revigorante de estar "de volta". Eu não ri nem fiz comentários sarcásticos, mesmo quando um homem começou a falar sobre a morte de sua cobra de estimação chamada sr. Slithers. A dor e a abertura em algumas das histórias me comoveram às lágrimas. Em vez de beber e ver garotas de topless dançando, eu estava ali, tomando um remédio espiritual, e me sentia bem por causa disso.

(Essa foi minha única ida ao Templo... No restante da semana, preferi as garotas dançando.)

Entre as drogas, as festas e os novos amigos, o Burning Man atendia a todas as minhas expectativas. Exceto em um aspecto importante: eu não estava transando. Antes do Burning Man, imaginei que seria algo como:

Oficial do Burning Man: Bem-vindo ao Burning Man. Só algumas perguntas. Você trouxe seu pênis?

Eu: Sim, trouxe.
OBM: Perfeito. Vá neste sentido e você verá um monte de garotas hippies nuas, taradas e prontas para transar.
Eu: Apenas um montão de mulheres à espera para transar comigo em uma espécie de pilha de sexo?
OBM: Exatamente. Uma pilha de sexo. Não tem como errar.

Mas não havia uma pilha de sexo. Nenhuma orgia. Nenhum sexo mesmo.

O problema era que os encontros sexuais no Burning Man eram sempre em uma situação de "agora ou nunca". Sem sinal de celular, sem internet, não tinha como encontrar depois a pessoa. Ao longo do último ano, eu tinha ficado bom em conseguir o contato e convidar mulheres para sair, em marcar encontros, mas eu não tinha conseguido nenhuma transa de uma noite só. No Burning Man, todas as transas tinham que ser caso de uma noite só, e o feito era ainda mais difícil porque eu teria que convencer uma garota a fazer sexo comigo em um colchão de ar coberto de areia em uma barraca que eu dividia com outros três caras.

Cheguei perto de fazer sexo algumas vezes, mas nunca deu certo. Dancei com uma mulher por uma hora antes de ela me apresentar ao marido (cara incrível). Outra mulher lambeu meu mamilo depois que lhe servi um daiquiri, mas essa era a versão do Burning Man para uma gorjeta. Uma bela jovem me fez beber de uma grande taça dourada e me pediu para "brincar" com ela, mas não havíamos dado nem dez passos e ela já tinha se esquecido completamente do assunto.

Depois de cinco dias, enfim consegui beijar, mas, depois de vinte minutos de pegação, minha parceira precisava me contar algo.

— Eu vim para o Burning Man com meu namorado.
— Oh, vocês têm um relacionamento aberto?
— Acho que não.

Supus que poderia entender *Acho que não* como *NÃO*.

— Vocês estão juntos há muito tempo?
— Sim, sete anos. Moramos juntos.

Em vez de voltar a beijar, conversamos a respeito do relacionamento. Graças ao meu apoio emocional e meus comentários inspirados, ela parou de ficar comigo e foi atrás do namorado.

Apesar dessas furadas, eu não estava preocupado, porque tinha um plano de reserva. Havia um acampamento que organizava orgias (em uma redoma com ar-condicionado) como o "presente" deles ao Burning Man. No Domo da Orgia, imaginei, eu poderia finalmente deixar o meu erotismo correr solto e ter relações sexuais usando apenas uma máscara de lobo, tanto literal quanto metaforicamente.

Mas mesmo lá deparei com um problema: homens solteiros não eram bem-vindos em orgias. O quê, claro, fazia sentido. Se orgias permitissem caras solteiros, orgias não seriam nada além de um monte de caras passando óleo uns nos outros e dizendo:

— Então, quando essa orgia começa? Onde estão as mulheres?

Com o meu último recurso dando errado, tive que aceitar a verdade deprimente: eu não conseguiria me dar bem no Burning Man. Surpreendentemente, estava em paz com isso, pois algo mais importante que sexo aconteceu comigo: eu me apaixonei.

Por um homem.

Não, eu não saí do armário nem descobri que era bissexual. O que aconteceu comigo foi muito mais gay que isso: eu caí de cabeça em uma amizade com Brian.

Desde a Segunda-feira Ácida, Brian e eu passamos a fazer tudo juntos. Comíamos juntos. Fizemos turnos juntos no bar.

De noite, fomos lado a lado de obra de arte em obra de arte, e de festa em festa. Com frequência, dividíamos uma cerveja, revezando entre os goles. Na quinta-feira, estávamos nos chamando de "benzinho". *Precisa de mais café, benzinho? Aonde iremos hoje à noite, benzinho?* Algumas pessoas começaram a falar que nós éramos o casal mais bonitinho do acampamento. Tive vários bons amigos homens na vida, mas nunca tão rápido assim.

Nosso relacionamento veio à tona na noite de sábado, quando toda a população de Black Rock City (56 mil naquele ano) formava um anel gigante da loucura em volta do Homem para vê-lo queimar. O fogo começou pequeno e cresceu rápido, comendo a estrutura de suporte de madeira e subindo pelas pernas. Bolsões de explosivos criavam detonações infernais, cujo calor podíamos sentir a duzentos metros de distância.

Embora chamas engolfassem toda a estrutura, ela levou cerca de uma hora para cair, outro exemplo do padrão de tensão e libertação que simbolizava a experiência do Burning Man. O acúmulo de um ano de construção, a unidade meticulosa, até mesmo a música eletrônica — com seus versos de base e quedas graves climáticas — estão alinhados em torno dessa dinâmica. Quando o Homem finalmente caiu, o caos irrompeu. Pessoas cantaram, gritaram, correram, choraram, se despiram, se beijaram, rezaram e dançaram. Eu joguei meu casaco no chão e me juntei a uma multidão em debandada em torno das cinzas, uivando para os céus. (Devo mencionar que eu tinha tomado LSD de novo.)

Quando os pensamentos lógicos retornaram, eu estava ofegante e coberto de suor, como um lobisomem que tinha voltado à forma humana. Sem sapatos e sem camisa, vestido apenas com as minhas calças brilhantes azuis e a gravata borboleta que combinava, não pude evitar os risos. *Matteson Perry, de Fort Collins,*

Colorado, como você terminou no meio do deserto, vestido como um louco e alucinando de ácido? Não era um sentimento de culpa, mas de animação e orgulho. Eu tinha mesmo feito aquilo.

Encontrei Brian no meio da fumaça. Precisava lhe dizer como eu me sentia. Corri em direção ao meu benzinho.

— Brian, antes que as drogas percam o efeito, preciso dizer que eu te amo.

Nunca tinha dito a outro homem, além de meu pai, que eu o amava. Eu já tinha amado meus amigos, mas nunca tinha dito em voz alta, com toda a sinceridade como desta vez. Cresci em um tipo de cultura americana do interior, machista, na qual você não expressa sentimentos com tanta coragem. Não dava para virar em um jogo de futebol e dizer:

— Esse gol foi quase tão especial quanto você, cara!

Mas foi bom dizer aqui, pareceu a coisa certa a se fazer, dar um passo para longe do medo que eu sempre tive de perder o controle, de ficar vulnerável.

Brian soluçou, em meio a lágrimas:

— Eu também te amo.

O benzinho era um pouco chorão.

Pouco tempo depois, convenci Alenka e Brian a escalar uma grande estrutura feita de uma rede de carga para assistir ao nascer do sol. Conforme nós nos sentamos lado a lado na rede gigante, uma garota australiana perguntou se queríamos chocolate com cogumelos. Eram seis e meia e tínhamos passado a noite inteira sob o efeito de entorpecentes. Não precisávamos de mais nada. No entanto, cada um de nós pegou um pedaço da barra de chocolate psicodélica. Algumas pessoas pensam que drogas são como roupa na máquina de lavar, que não devem ser misturadas. Essas pessoas são chatas. Embora o branco delas deva ser mais branco e sem manchas.

— Juro que havia uma palavra que eu conhecia antes de vir ao Burning Man — comentei. — Tinha três letras e era o oposto de "sim".

— Não faço a menor ideia — Brian respondeu.

Alguns carros alegóricos ainda estavam circulando pela Playa. Montanhas, invisíveis à noite, saltaram à vista, subitamente vívidas e elevando-se sobre a paisagem. A lua quase cheia se dependurava no céu. Observamos em silêncio, os cogumelos melhorando o espetáculo, enquanto o sol deslizou para cima, parecendo ganhar velocidade a cada instante.

Embora o sexo e os encontros ao longo do último ano tenham sido divertidos, eu tinha perdido a proximidade e a ligação que vem com um relacionamento, mas senti que havia conseguido isso no Burning Man, fora do mundo do romance. Pela primeira vez, eu acreditava de verdade que não PRECISAVA de um namoro. Tinha vindo ao Burning Man em busca de sexo, mas acabei aprendendo sobre seus limites.

E, se tudo isso soa como uma bobagem espiritual absurda hippie, bem, não me surpreende, porque você não estava lá, então você não ENTENDE o Burning Man.

(Desculpe.)

16.

Menina de ouro

— Se a sua barraca for muito quente para dormir — falei a Alenka —, você pode vir para a minha, se quiser.

Embora eu tivesse certeza de que a barraca dela devesse ser bem quente, minha oferta não era altruísta. Essa era a minha última tentativa desesperada de fazer sexo durante o Burning Man. Sei que acabei de falar sobre a minha evolução espiritual e como não precisava de sexo para a minha experiência ser completa, mas, vamos lá, SEXO.

Alenka me encarou por um momento, consciente das entrelinhas. Nosso relacionamento tinha sido platônico a semana toda, mas, enquanto assistíamos ao nascer do sol, ela tinha apoiado a cabeça no meu ombro e eu pensei que algo tinha mudado. Só que ela estava hesitando. Talvez eu estivesse errado. Por fim, ela falou:

— Ok, por mim tudo bem.

Nós adentramos a barraca, cuidadosos para não acordar meus colegas de quarto. Alenka arrancou o casaco e revelou seu corpo dourado. E eu não digo "corpo dourado" como uma metáfora. O corpo dela estava literalmente pintado de ouro. Alenka tinha se vestido de forma modesta ao longo da maior parte da semana (pelos padrões do Burning Man, pelo menos), mas, no dia anterior, ela tinha ido ao Acampamento do Glitter e foi pintada da cabeça aos pés, como uma estátua do Oscar ambulante.

Ela escorregou para minha cama e me abraçou, e entre nós não havia mais nada além de glitter e uma calcinha preta pequena. Começamos a nos beijar, e os cogumelos amplificaram o contato, cada toque liberando uma onda de arrepios. Nós nos enterramos no meu saco de dormir, apesar do calor. Era a maior privacidade que conseguiríamos em uma barraca com outras três pessoas.

Bem no limiar do sexo, Alenka disse que não queria ir até o fim, o que para mim tudo bem. Os toques, as carícias e encarar nos olhos um do outro eram intensos o bastante. Dormimos dividindo um travesseiro, nossos corpos entrelaçados, os cogumelos nos dando sonhos caleidoscópicos.

Levantamos cerca de duas horas depois. No meu caminho até o banheiro, Puffin me parou e levantou minha camisa, o que revelou uma faixa de ouro no meu peito.

— Tem um pouco de glitter em você, cara. — Ele sorriu.

Após um dia para derrubar o acampamento, fomos até o Templo para vê-lo queimar. A atmosfera era tranquila e solene, muito diferente da noite anterior. Pela primeira vez em sete dias, eu não ouvia música eletrônica e não via ninguém dançar. O crepitar do fogo era o único som e essa trilha sonora triste significava que o evento, que eu tinha esperado por um ano e curtido tanto, terminara.

Mais tarde, Grant e mais alguns outros foram em direção ao que restava de Black Rock City na esperança de encontrar uma última festa em meio às ruínas. Eu queria dormir, Alenka anunciou que ia para a cama também e começou a caminhar ao meu lado. Ao longo do dia, nós interagimos como tínhamos feito durante toda a semana, como amigos, mas eu ainda tinha esperança de que pudesse rolar mais alguma coisa de novo.

— Então... Hoje de manhã foi divertido — ela começou —, mas nós tivemos uma conexão tão boa nessa semana, eu não quero estragar nossa amizade.

E ali estava o famoso *não-vamos-estragar-nossa-amizade*, uma defesa tão simples, tradicional e eficaz como um fosso. Minha aventura estava oficialmente acabada. Eu tinha vindo até uma orgia de drogas no deserto e voltaria para casa sem ter transado uma vez sequer.

Antes que eu pudesse responder, ela falou de novo:

— Mas eu quero mesmo transar.

OH, MEU DEUS, O QUE ESTÁ ACONTECENDO? Pela primeira vez na história, *Eu não quero estragar nossa amizade* estava sendo sucedida de um pedido por sexo. Eu era como um boxeador que se levantava da lona no 12º assalto. *Esta luta não acabou! A audiência vai à loucura enquanto o desafiante se levanta gingando!*

— Bem, então deveríamos transar — afirmei.

— Você não acha que vai estragar nossa amizade?

— Essas duas coisas não têm que ser mutuamente excludentes. Amigos podem transar.

Notei que Alenka não acreditava totalmente em mim, mas seu tesão deve ter superado o ceticismo, porque ela fez sinal para entrarmos na barraca. Logan estar dormindo lá dentro não nos impediu. Escorregamos para baixo do meu manto de invisibilidade (saco de dormir) e continuamos de onde tínhamos parado naquela manhã. Logo antes de estarmos prestes a transar, Alenka parou e disse:

— Só quero que você saiba que isto não significa nada.

Moça, passei o último ano cortando a ligação entre sexo e emoção de uma maneira nem um pouco saudável, então não se preocupe comigo.

— Sim, claro — respondi —, não significa nada.

Tudo; nada; qualquer coisa... Quem se importava com "significado"? Eu finalmente ia transar durante o Burning Man! E sabia que seria estupendo. Municiado com a jornada espiritual da semana, nós faríamos amor selvagem do deserto por horas, latindo como animais, até atingir o clímax num tipo de orgasmo tântrico explosivo. NÃO! Gozei em dois minutos. E ela pensou que o sexo não ia significar nada antes de começar.

— Você já terminou? — ela perguntou.

— Foi uma semana longa e cheia de mulheres peladas. Desculpe.

Na manhã seguinte, pedi uma chance de tentar de novo, na esperança de compensar meu desempenho medíocre. Ela concordou e desta vez eu tinha certeza de que seria melhor, faria amor com ela até o colchão de ar esvaziar, até que os gemidos dela fossem mais altos que qualquer música na Playa, até que ela dissesse "Eu estava errada quando disse que isto não significava nada, porque significa TUDO!". Eu iria mostrar a ela o tipo de homem que... OPS. Já tinha terminado. Terminei ainda mais rápido da segunda vez.

— De novo? — ela disse. — Vá se foder!

— Foi uma semana muito longa MESMO.

Para minha sorte, o sexo não parou quando deixamos o Burning Man.

Paramos à noite em Reno no nosso caminho de volta para San Francisco. Depois do jantar, Alenka me contou que queria transar de novo, então voltamos para o quarto mais cedo, mas encontramos Logan já dormindo na outra cama. Embora já tivéssemos transado duas vezes na presença dele, parecia estranho fora do Burning Man.

— Acho que não dá para transar — comentei.

— Podemos transar no banheiro — Alenka respondeu.

Então está bom.

Apenas um ano antes, eu era o cara legal de coração partido. Agora eu estava transando com uma bela garota do Leste Europeu contra a bancada do banheiro, em Reno, Nevada. Acho que meu plano tinha funcionado.

Desta vez eu durei. Por um tempo. Muito tempo, na verdade. Alenka tinha gozado muitos minutos antes, mas não havia final à vista para mim. Embora eu estivesse excitado e curtindo o sexo, o esgotamento físico da semana envolveu meu corpo como um cobertor pesado, e eu não era capaz de terminar. Porque não queria deixar de ser o cara da ejaculação precoce para ser o cara que não gozava, precisei fazer algo que nunca tinha feito: tive de fingir um orgasmo.

Comecei, aumentando a velocidade do meu movimento e dizendo:

— Estou quase lá.

Fui prenunciando. Contorci a minha face em uma feição que dizia *sinto-cheiro-de-algo-estranho-mas-engraçado-estou-estrábico--porque-é-brilhante-aqui-e-minha-nossa-esta-montanha-russa-é-divertida-mas-um-pouco-assustadora*. Sabe, esse tipo de expressão. A seguir, balancei meu corpo, como se tivesse tocado uma cerca elétrica, e soltei um som que poderia ser descrito como "um babuíno chamando um táxi".

Quando acabei minha performance, Alenka espiou por cima do ombro para mim. Ela sabia que algo tinha acontecido, ou um orgasmo ou um pequeno derrame.

— Terminou?

Assenti. Ela acreditou.

Alenka tinha alguns dias antes do voo dela de volta e decidiu passá-los comigo. Durante a viagem até Los Angeles, Alenka e eu falamos sobre sexo e relacionamentos, e ela me contou que eu era o primeiro cara com quem ela tinha feito sexo que não era um namorado.

Conversamos sobre nossos relacionamentos passados e o que estávamos procurando. Era fácil ser aberto, honesto e afetuoso, já que este era outro Relacionamento com Prazo de Validade, como o que eu tivera com Simone em Nova York. Contei a Alenka sobre o pé na bunda que tomei e o experimento subsequente. Ela falou de um compromisso recém-terminado e um desejo de repensar sua abordagem para relacionamentos.

— Talvez eu devesse tentar ser uma vagabunda como você — ela concluiu.

―――

Alenka nunca tinha estado em Los Angeles e queria conhecer a cidade, mas, nos três dias seguintes, nós mal saímos do meu apartamento. E eu mais do que compensei minhas duas performances dignas de pena na barraca.

— Gostei que elas não foram tão rápidas quanto da primeira vez — ela disse —, muito embora talvez eu tivesse conhecido mais Los Angeles.

Entre as viagens até o quarto, eu tinha que me atualizar no trabalho. Enquanto eu vasculhava centenas de e-mails que tinha perdido, Alenka ficava sentada no meu sofá, frequentemente nua, ligando para amigos e parentes ou assistindo à TV. Estar de volta à minha mesa, lidando com mobiliário usado, foi um despertar violento, mas poder olhar para ela entre as tarefas facilitava tudo.

Na noite antes de ela partir, disse que queria levá-la para jantar em um dos meus restaurantes favoritos.

— Como em um encontro de verdade?
— Como em um encontro de verdade.

Ela alegou que esse era apenas o segundo "encontro de verdade" da vida dela e foi se arrumar. Quando saiu do banheiro, parecia uma pessoa diferente, um espanto de maquiagem, saltos e vestido. Eu me arrumei também: coloquei blazer e gravata. Depois de uma semana de roupas estranhas e mofadas no deserto, nenhum de nós conseguia acreditar o quão bem tínhamos ficado. Enquanto tomávamos um drinque depois do jantar, Alenka me agradeceu pela ligação especial que tínhamos criado.

— Eu nunca tive uma aventura como esta — ela disse. — Não sabia que um relacionamento assim era possível.

Nenhum de nós sonhava em ficar juntos em um relacionamento a distância. Embora nos déssemos bem e tivéssemos uma boa química, não estávamos apaixonados. Éramos amigos que tiveram relações sexuais, e era exatamente o que nós dois queríamos. Como o próprio Burning Man, a natureza finita do nosso tempo juntos o tornou especial. Brindamos por nunca termos estragado nossa amizade.

No dia seguinte, fomos até o Griffith Observatory, para que ela não fosse um completo fracasso como turista em LA, e então seguimos para o aeroporto. Por causa do trânsito, nossa despedida foi apressada. Sem longos discursos, sem promessas de manter contato, apenas um último beijo, um aceno de mão, e ela foi embora pela porta deslizante.

Nos últimos dez dias, eu tinha experimentado drogas, me apaixonado por um homem, visto um cupcake motorizado e transado pra caramba. Uma boa aventura. Quero dizer, sim, teria sido legal me envolver em uma orgia, mas no geral foi uma experiência incrível.

Parte III

Eu sou um cretino safado?

17.

Por que desistir se você está ganhando?

Depois que Alenka partiu, fui deixado para enfrentar as consequências da minha folia. Eu tinha perdido cinco quilos e estava sofrendo episódios ocasionais de vertigem, devido a uma leve desidratação. Minha pele queimada de sol estava começando a descascar e um déficit de sono me fazia bocejar a cada quinze minutos. Mal saí do meu apartamento enquanto lidava com a ressaca, que durou uma semana.

Quando enfim me recuperei, o *brunch* dos manos retornou e contei a Kurt e a Evan tudo a respeito do Burning Man, poupando apenas os detalhes sobre a minha relação com Brian (não tinha necessidade de deixá-los com ciúmes). Quando terminei, perguntei o que eles fizeram nesse meio-tempo.

— Não muito — Evan respondeu.

— Fui para casa com uma garota que conheci no bar semana passada — Kurt reportou. — Foi divertido. Provavelmente não a verei de novo. Mas, para falar de outra coisa, comprei um travesseiro de meditação... que é ótimo!

Kurt provou mais uma vez que era o mais sábio de todos nós.

— Então o Burning Man foi o fim do seu ano de solteirice obrigatória... — Evan disse. — Você vai atrás de um relacionamento agora?

Durante minha semana de recuperação, pensei a respeito disso. Seria hora de deixar aquela vida errante para trás, de me estabelecer com alguém? Eu estava no começo dos meus trinta anos, afinal. Na minha cidade natal, solteiros com mais de trinta anos tinham que usar um crachá de identificação para que pudessem ser facilmente reconhecidos e juntados com a sobrinha de alguém.

Só que eu morava em Los Angeles, onde estar solteiro com trinta anos não era estranho. Na verdade, era uma vantagem. Solteiro, com um trabalho remunerado, um cara que não fosse um babaca e que tivesse mais de 28 anos era um bem valioso. Mas estar solteiro não era apenas quetão de recurso escasso; também me sentia mais confiante do que jamais fora.

Pela primeira vez na minha vida, não me sentia como um garoto fingindo ser um adulto no teatro da escola. Eu morava sozinho, cozinhava, tinha o pacote *premium* da TV a cabo, tinha blazers e lavava meus lençóis regularmente. Com um currículo impecável como esse, eu esperava ser ordenado cavaleiro a qualquer momento.

— Estou no auge dos meus poderes — contei aos caras. — Por que deveria desistir do namoro casual?

— Por amor, companheirismo ou intimidade verdadeira? — Evan sugeriu.

Afastei a ideia dele com um aceno de mão enquanto mergulhava minha torrada francesa na geleia de goiaba com canela.

— Quem precisa dessas porcarias? — falei.

Porque eu tinha deixado os relacionamentos caducarem enquanto me preparava para o Burning Man, tive que começar do zero.

Esperando a normal taxa baixa de resposta, mandei mensagens para uma dúzia de mulheres de uma vez. Por causa da sorte ou da técnica melhorada, recebi diversas respostas e marquei três primeiros encontros em três noites consecutivas. Um ano antes, isso pareceria uma tarefa impossível. Naquela época, eu precisaria de pelo menos 48 horas de preparação antes de cada encontro para endurecer minha psique contra o nervosismo e uma possível rejeição. Mas eu não estava nem um pouco ansioso. Eu sabia o que vestir, aonde ir, como emocionar e quais piadas contar. Namorar era agora como montar uma estante comprada em uma loja de departamentos: simples e fácil, com um produto final bem-sucedido quase assegurado.

Três noites em sequência, saí para bares diferentes, conheci garotas diferentes e tive a mesma experiência: o mesmo cumprimento constrangido; a mesma discussão sobre a infância, famílias e cidades natais; a mesma explicação da carreira, objetivos e frustrações; as mesmas despedidas e as mesmas proclamações de "Isso foi divertido, deveríamos sair de novo"; as mesmas mensagens de texto subsequentes.

Eu não tive uma química incrível com nenhuma das garotas, mas tudo bem. Eu havia ficado tão bom em mimetizar o que *seria* ter uma conexão que não precisava mais me conectar *de verdade*. Eu era capaz de criar um encontro bem-sucedido pelo reconhecimento de padrões e pela reação a eles.

PADRÃO RECONHECIDO: Garota do encontro começa falando da família.
PROGRAMA DE RESPOSTA: Falar sobre o divórcio dos pais e parecer vulnerável.
PADRÃO RECONHECIDO: Garota do encontro gosta de viajar.

PROGRAMA DE RESPOSTA: Contar uma história divertida do mochilão pela Europa.
PADRÃO RECONHECIDO: Garota do encontro fala a respeito de sua profissão.
PROGRAMA DE RESPOSTA: Fazer um monte de perguntas e parecer fascinado.
PADRÃO RECONHECIDO: Garota do encontro gosta da série Crepúsculo.
PROGRAMA DE RESPOSTA: Fingir que isso não é ridículo.
PADRÃO RECONHECIDO: Garota do encontro reclama de relacionamento anterior.
PROGRAMA DE RESPOSTA: Contar uma história que mostra que sofri uma dor similar, mas isso indica que o otimismo permanece.
DADOS OCULTOS: Provavelmente uma alma vazia.

Muitas pessoas, talvez até a maioria delas, não gostam de encontros, mas eu adorava. Depois dos meus três encontros em três noites, finalmente entendi o motivo: o lance que eu tinha com encontros era bastante similar com o que tinha ao fazer shows ao vivo. Em ambos os casos, eu estava buscando validação ao persuadir estranhos a gostar de mim usando uma rotina bem ensaiada. Como comediante, a validação vinha na forma de risadas; com mulheres, em um segundo encontro.

Perceber isso me fez parar. Assim como havia algo pouco natural em querer fazer uma performance na frente de estranhos (é o maior medo de muitas pessoas), talvez sair com tanta gente fosse anormal também. Talvez fosse um mecanismo de defesa.

Afinal, se você não namora ninguém, não pode ser ex de ninguém. Pela primeira vez, me questionei se meu "experimento" poderia ser algo não saudável. Será que estava mudando meu padrão de relacionamentos ou apenas preenchendo o vazio com a afeição de estranhos?

Bem, não havia tempo para contemplar isso agora... eu tinha três segundos encontros à vista!

———

A palavra *casual* em *encontro casual* implica que é fácil e tranquilo, porém a verdade é o oposto disso. Para ter encontros casuais, uma pessoa precisa ser disciplinada e organizada.

Pontos importantes para sair com várias pessoas ao mesmo tempo:

• **LEMBRE-SE** de que a continuidade importa — Se você não puder ver alguém com frequência, fique em contato. Não manter nenhum tipo de contato por mais de uma semana vai matar a maioria dos relacionamentos.

• **NÃO** mande apenas mensagens de texto — Em um mundo de mensagens de texto, uma ligação telefônica parece especial. *Uma ligação? Minha nossa, essa pessoa atenciosa deve ter sido treinada na escola de polidez mais prestigiada da Grã-Bretanha!* Além disso, uma ligação telefônica faz com que você receba uma resposta rápida, então você pode ir logo para a próxima pessoa se a primeira estiver ocupada.

• **FAÇA** planos definitivos — Quando estiver saindo com muitas pessoas, não pode acontecer nenhum "deveríamos nos ver algum dia dessa semana". É assim que você acaba tendo conflito de horários. Descubra quando seu par está livre e agende um evento e hora específicos. Isso tem a vantagem adicional de mostrar determinação.

• **NÃO faça** ligações com convites sexuais — A não ser que tenha sido explicitamente discutido que o relacionamento é apenas sexo, ninguém gosta de sentir que está sendo contatado apenas por causa de tesão. Faça planos que envolvam mais do que sexo (mesmo que vocês só forem transar na maior parte do tempo).

• **TENHA** dois conjuntos de lençóis — Eu sei que este aqui é meio babaca, mas é uma boa dica, tanto por motivos de higiene quanto estéticos. Às vezes, você pode não ter tempo de lavar a roupa entre os encontros.

• **NÃO faça** uma planilha — De vez em quando, será tentador. Manter tudo certinho será difícil, mas lembre-se: transformar pessoas em dados em uma planilha nunca é uma boa ideia.

• **PROTEJA** seu telefone — Bloqueie seu telefone de modo que não apareçam prévias de mensagens de texto ou e-mails na tela. Claro, ambas as pessoas podem saber que é um lance casual, mas quebrar a quarta parede pode arruinar o clima.

No meu fluxo de segundos encontros, tive dificuldade de organizar as informações na minha cabeça. *Quem era a assistente na empresa de produção? Era Brenda ou a outra morena que eu levei a um bar de coquetel? E qual foi a que eu beijei? Tenho quase certeza de que beijei uma delas.* Era o microcosmo de toda a minha experiência de namoro que começava a se misturar.

Todos os segundos encontros foram bem, mas um se destacou. No fim da noite, a morena baixinha, Brenda, me convidou para seu apartamento, mas prefaciou o convite ao dizer "Nada vai acontecer". Esta não foi a primeira vez que ouvi essa frase durante o meu tempo de namoros casuais. E "Nada vai acontecer" significava "Tudo vai acontecer, exceto o sexo em si".

No ápice de uma sessão de pegação praticamente nus, fui pego pelo momento e deixei escapar algo que jamais pensei que diria.

— Quando a gente transar, vou te foder com força.

QUEM EU TINHA ME TORNADO? Quem fala assim a não ser um detetive particular em um filme de pornô *soft*?

Quase me desculpei depois que disse isso. Eu sempre tinha tentado ser um cara legal, não só na rua, mas também entre os lençóis. Muito embora Brenda não parecesse se importar, pois me beijou com ainda mais força e a intensidade da sessão aumentou. Tornei-me firme nas minhas ações, e ela devolvia com a mesma força.

Quando comecei meu ano de namoros casuais, eu acreditava que as mulheres deveriam ser tratadas com delicadeza durante o sexo, como se fossem feitas de papel machê. Essa crença veio de filmes, que tinham me convencido, quando jovem, de que o romance sexual definitivo para uma mulher era fazer amor lento e suave em uma cama de rosas. Mas, para Brenda, paixão e assertividade superavam polidez.

Ao fim da noite, enquanto eu a beijava como despedida, Brenda sorriu e disse:

— Você é problema.

Eu me senti muito descolado.

É isso mesmo, moça, sou um problema. Problema sexy. Sim, sou o tipo de problema que gruda em você, daquele tipo que não sai nem com sabão. Não, você vai precisar de um banho quente escaldante com bicarbonato de sódio para se livrar deste problema. Espere, talvez agora eu estivesse descrevendo a hera venenosa? De qualquer jeito, você entendeu. Eu era PROBLEMA.

Brenda perguntou quando poderíamos sair de novo.

— Vamos ver — foi tudo o que eu disse, porque Problema não se prende a cronogramas. Mas, de novo, Problema tinha que levar seu carro para fazer revisão na semana seguinte, o que podia complicar as coisas. Seria bom para Problema agendar alguma coisa.

Na vez seguinte em que vi Brenda, foi em um tipo diferente de sequência do que meus três encontros em três noites consecutivas: eu transei com duas mulheres diferentes em noites consecutivas. Brenda foi a primeira, seguida por Sonya na noite seguinte, a garota com quem eu estava quando me encontrei com Kelly. Tenho que admitir que isso me animou um bocado, ser tão "bom" em pegar garotas, mas com a emoção vieram os escrúpulos. Embora não tivesse feito nenhuma promessa de exclusividade para qualquer uma das duas, elas provavelmente se incomodariam com o que eu fiz. Além disso, ter orgulho daquilo parecia nojento. Eram pessoas com quem eu estava saindo, não uma façanha a se obter no videogame. Era possível ser bom demais em namoro casual?

18.

Algumas bandeiras vermelhas

Todos nós temos bagagem emocional; não há nada pelo que se envergonhar. As coisas ruins que acontecem conosco e as decisões infelizes que tomamos podem nos moldar, mas elas não precisam nos definir. Porém, informe cedo demais problemas e eles se tornam Bandeiras Vermelhas. Uma garota com quem eu estava saindo, Wendy, tinha mais Bandeiras Vermelhas que uma parada militar chinesa:

- Aos 29 anos, ela morava com a mãe. BANDEIRA VERMELHA
- Ela bebia até cair quase semanalmente. BANDEIRA VERMELHA
- Durante o encontro, ela tocou no assunto e falou bastante a respeito, não de um, mas de dois ex-namorados. BANDEIRA VERMELHA
- Ela se mudou para a casa de um dos ex-namorados depois de uma semana de namoro e ele acabou revelando que era gay. BANDEIRA VERMELHA
- Ela saiu com outro ex-namorado por mais de um ano, apesar de ser uma relação extremamente volátil. BANDEIRA VERMELHA

- Ela admitiu prontamente que não tinha superado seu último namorado. BANDEIRA VERMELHA

Se Wendy e eu estivéssemos juntos por seis meses quando ela disse tudo aquilo, eu não teria me importado. Mas não estávamos juntos havia seis meses. Não estávamos juntos havia seis horas. Ela revelou tudo isso na primeira hora do encontro. Que sequer era um encontro.

Trombei com Wendy em uma balada hipster em Silver Lake, onde, em vez de roupas de veludo, garrafas vendidas fechadas e música eletrônica, havia calças justas, touro mecânico e *mash-ups* de Vampire Weekend. Eu conhecia a Wendy, mas bem pouco, já havíamos nos encontrado com outros amigos antes. Depois de algumas horas de dança, sugeri que fôssemos tomar um drinque na minha casa e ela aceitou.

Estávamos no meu sofá, bebendo cervejas, o suor criado pela dança ainda secando nas nossas roupas, quando ela começou a disparar de uma vez todas as suas Bandeiras Vermelhas. Era mais uma sessão de terapia do que uma conversa. Tudo fluiu dela em um longo monólogo criado pela minha pergunta de sondagem: "Onde você mora?"

Quando ela terminou de falar, eu a confortei, disse que ela era uma pessoa muito legal que merecia ser feliz e a levei para casa. Uma noite de prazer físico não valia a pena o risco de me envolver com alguém que tinha tanta coisa para resolver emocionalmente.

NÃO... ESPERE... Não foi nada disso que aconteceu.

Na verdade, esperei até que a conversa desse uma trégua e a beijei. Uma noite de prazer físico valia TOTALMENTE qualquer coisa que pudesse respingar em mim. Quando você não está interessado em um relacionamento, uma Bandeira Vermelha pode se parecer muito com um Sinal Verde.

A pegação foi uma das mais estranhas que eu já tive, agressiva e cheia de paixão, mas, a pedido de Wendy, ficamos completamente vestidos. Fizemos posições sexuais — papai-e-mamãe, de quatro, cavalgada reversa —, mas vestidos, praticando o Kama Sutra de roçar. Era tão incomum, que eu não sabia se isso deveria contar como outra Bandeira Vermelha ou não.

———

A julgar por todas as Bandeiras Vermelhas, na melhor das hipóteses, Wendy era um pouco louquinha e, na pior, uma pessoa perturbada. Depois do nosso primeiro encontro, eu sabia que não havia a menor chance de termos um relacionamento sério, mas tínhamos uma boa química, mesmo vestidos, então eu a chamei para sair de novo, o que significava encontrar mais Bandeiras Vermelhas.

No nosso encontro seguinte, ela contou tudo a respeito de quando trabalhou em um bar como "encontro pago". Homens vinham ao clube e escolhiam uma garota para ser sua companheira social pela noite. A garota falaria com o cara, traria bebidas e dançaria com ele. Ela nunca transou com um cliente, porque não queria e porque era proibido pelas regras oficiais, mas outras garotas faziam isso com frequência. Eu não ligava que ela tenha trabalhado com isso, mas um segundo encontro é quando você fala sobre seus medos infantis, e não sobre o sentimento bizarro que você tem por ter sido uma pseudoprofissional do sexo. Bandeira Vermelha.

Depois do jantar, voltamos para minha casa e começamos a brincar, desta vez tirando as roupas. Houve mordidas, arranhões e puxões de cabelo, o que eu já tinha experimentado antes, embora não com um fervor tão animalesco. Aquilo me assustou um pouco, mas também me excitou.

Wendy explicou que gostaria de ser fisicamente dominada na cama, mas não humilhada. Ela curtia falar sacanagem, mas não queria ser chamada de vagabunda ou puta — ou seja, safadeza sem misoginia. Enquanto amarrava as mãos dela, eu iria pensar sobre como as mulheres merecem salários iguais aos dos homens em seus trabalhos.

Quando as coisas esquentaram, Wendy pulou fora.

— Estou tentando ser uma boa pessoa — ela disse. — Fiz sexo muito rapidamente no passado e não quero repetir isso. Com quantas pessoas você já transou? — (Muito cedo para discutir isso... Bandeira Vermelha.)

Tendo quase dobrado meu número de parceiras de sexo no último ano, orgulhosamente reportei que tinha transado com treze pessoas na minha vida.

— Sim, está vendo, isso é quase nada. Eu transei com MUITO mais gente do que isso.

Wendy foi embora tarde naquela noite e, depois que eu a acompanhei até o carro, fui ao banheiro escovar os dentes. Comecei a escovar e notei algo: uma pequena contusão no meu bíceps direito. Havia outra no meu ombro. Direcionei o olhar do meu braço para o espelho e congelei... Meu corpo estava coberto por dezenas de chupões.

O creme dental pingava da minha boca aberta, enquanto eu examinava o dano pelo espelho. Havia pequenos hematomas azuis, arcos crescentes de marcas de dentes e listras vermelhas longas feitas por unhas. Eu sabia que as coisas tinham ficado um pouco intensas, mas parecia que eu tinha acabado de chegar de um dia duro de luta livre contra um polvo.

Normalmente, isso não teria sido um problema, já que todas eram em locais que eu poderia esconder com uma camisa, mas eu iria viajar para o México no dia seguinte, uma viagem de férias para a praia com a família. Então, às três da manhã, procurei no Google "Como se livrar de chupões?". O consenso na internet era alternar entre usar gelo (para reduzir o inchaço) e esfregar as marcas com as mãos nuas (para aumentar o fluxo de sangue e reduzir a descoloração). Eu me sentei na minha banheira, fazendo as duas coisas por duas horas. Tentei outras sugestões também, como usar um secador de cabelo, aplicar um saquinho de chá quente e bater nos chupões com uma escova de cabelo. Tudo isso pareceu improvável de funcionar, mas era isso ou convencer minha família de que gola rulê era a última moda na praia. *Oh sim, esta gola rulê é a sensação na Riviera Francesa esse ano.*

Quando fui para a cama, tinha feito algum progresso. Na manhã seguinte, restavam apenas algumas poucas marcas mais persistentes. Meu pai comentou a respeito de uma, mas eu coloquei a culpa em uma pancada em um jogo de squash e, embora não fosse 1988, ele acreditou.

É com esse tipo de coisa que você tem de lidar quando ignora as Bandeiras Vermelhas.

Claro que isso não me impediu de vê-la de novo. Depois de mais alguns encontros, porém, Wendy fez algo REALMENTE louco. Ela começou a contar às pessoas que estávamos namorando.

Encontrei um amigo em comum em um bar e ele perguntou se estávamos juntos.

— Ela me contou tudo a respeito dos encontros de vocês — ele disse. — Ela parecia animada, como se você já fosse praticamente o namorado dela.

Mordidas, conversas sobre ex-namorados, estranhas pegações pelados sem sexo — tudo isso era tolerável. Contar às pessoas que estávamos juntos passava dos limites! Como uma garota com quem eu tinha saído várias vezes OUSAVA pensar que poderíamos estar indo em direção a um relacionamento? Essa garota estava LOUCA, certo? Isso era uma BANDEIRA VERMELHA daquelas.

Mas é claro que ela não estava louca. Tínhamos nos dado bem e tínhamos química. As coisas estavam mesmo indo bem entre a gente. Ficar animado e contar às pessoas sobre a relação era natural. É assim que namoros funcionam. Se alguém estava sendo "louco", essa pessoa era eu. Eu tinha visto todas as Bandeiras Vermelhas de Wendy, mas e as minhas?

- Busca autoaceitação pegando garotas. BANDEIRA VERMELHA
- Sai com uma garota apesar de não ter nenhuma intenção de um relacionamento sério. BANDEIRA VERMELHA
- Tem vontade de ter um caso com uma mulher em momento vulnerável porque queria sexo. BANDEIRA VERMELHA
- Julga uma garota por fazer tudo menos sexo, enquanto sabia que provavelmente pararia de vê-la assim que transassem. BANDEIRA VERMELHA
- Conta aos amigos a respeito da garota "louca" que tinha lhe dado várias mordidas, apesar de ter curtido na hora em que aconteceu. BANDEIRA VERMELHA

Acreditei que podia ignorar as Bandeiras Vermelhas de Wendy porque eu não estava atrás de uma namorada, mas eu deveria ter visto as Bandeiras Vermelhas dela como um sinal para ser extra-honesto a respeito das minhas intenções. Só que não fiz isso. E essa era a maior Bandeira Vermelha de todas. Eu não a chamei para sair de novo.

19.

Sair depois do fim da data de validade

Em Nova York, os parâmetros do meu relacionamento com Simone tinham sido claros: um breve lance entre estranhos que acabou quando eu parti. A vinda dela a Los Angeles para me ver fazia com que as coisas não fossem mais tão simples. Talvez nós tivéssemos outra semana de sexo sem preocupações, mas também era possível que, para Simone, essa viagem fosse uma expedição de sondagem do relacionamento.

No começo, parecia que as minhas preocupações eram descabidas. Busquei Simone no aeroporto, paramos na minha casa para uma rapidinha, e depois a deixei na casa de uma amiga dela. Talvez ela estivesse mesmo em LA para ver sua grande amiga e essa viagem não "significasse" nada. Relaxei. Entre os almoços dela com as garotas, fofoca com as amigas e guerras de travesseiros, eu provavelmente não veria muito Simone. Eu apenas daria caronas e faria sexo, tipo um Uber do sexo.

No segundo dia, quando fui buscá-la para jantar, ela estava esperando na varanda da frente da casa da amiga com sua mala de viagem.

— Pensei em ficar na sua casa esta noite, tudo bem?

— Claro — respondi enquanto pegava a mala.

Quando ela desempacotou todas as suas coisas, ficou claro que ela ficaria comigo pelo restante da viagem. "Seria legal ver você quando eu estiver na cidade" tinha se tornado "Eu vou ficar com você por quase duas semanas".

Oh, pobrezinho, uma garota bonita viaja até Los Angeles e você precisa transar com ela por onze dias. É, eu sei. Sou mesmo um bebê chorão. E nós nos divertimos durante a visita dela. Banquei o guia e mostrei meus lugares favoritos em Los Angeles, levando-a em um novo "encontro" a cada noite, encontros de que eu poderia desfrutar plenamente porque não tinha de me concentrar em "me sair bem". Ela tinha viajado quase cinco mil quilômetros para me ver; eu já tinha "me saído bem".

A estadia prolongada criou um nível de intimidade que eu não tinha nos meus relacionamentos correntes, propositadamente superficiais. Conforme a visita prosseguiu, ficou claro que Simone estava aberta a se mudar para Los Angeles se eu pedisse. Ela ficava mencionando coisas que amava em LA: o clima, a proximidade da melhor amiga, o ambiente mais tranquilo. Seria fácil se transferir para o escritório da empresa dela na cidade, ela me assegurou.

Embora a distância de cinco mil quilômetros pudesse parecer assustadora, Simone tinha no exemplo do casamento dos pais como esse tipo de namoro poderia ser bem-sucedido. O pai dela conhecera a mãe em uma viagem de férias e eles mantiveram um relacionamento a distância por dois anos antes de se casar... *Oh, isso parece bastante com a gente.*

Pelo jeito como ela contou a história, dava pra dizer que eu não era o único atraído pela Grande Narrativa Romântica. Simone queria uma grande história, uma na qual eu, o solteiro dedicado, declarava meu amor e pedia para que ela atravessasse todo o país para estar comigo. Ela queria o Conto de Fadas. Eu mesmo comecei a me perguntar se este era o final feliz que eu estava procurando.

Em um dia sem nuvens perto do fim de sua estadia, fomos até a costa da praia de Malibu. Estava muito frio para entrar na água, mas quente o bastante para colocar trajes de banho, e Simone ficou ótima no seu biquíni azul de bolinhas brancas. Dividimos um pêssego maduro, alternando as mordidas, silenciosamente desfrutando da companhia um do outro. Parecia que éramos um casal de verdade. Eu conseguia me ver com Simone, podia ver como formávamos um belo par.

Embora no meu ano solteiro eu tivesse me concentrado mais na parte física da minha missão (claramente), também estava pensando no futuro, até mesmo compilava uma lista de coisas que desejava em uma namorada. O objetivo dessa lista era me proteger contra decisões emocionais imprudentes. É fácil saber quando se está apaixonado — você sente isso. O que não é tão fácil é separar esses sentimentos e julgar se a pessoa vai ser objetivamente uma boa parceira para a vida. Eu esperava que, ao criar essa lista antes de entrar em um relacionamento, teria um plano não influenciado pelo amor e pela paixão.

Eis A Lista até então:

- **Ela precisava ser bem resolvida** — Isso significava ter um trabalho em tempo integral (idealmente, uma carreira), morar com menos de dois colegas de quarto e não ter mandados de prisão. Era um padrão surpreendentemente alto para Los Angeles.

- **Manutenção fácil** — Este é um pedido bastante normal, mas algo em que eu teria de prestar atenção. Pessoas de alta manutenção exerciam um fascínio sobre mim, porque a manutenção de algo fazia com que me sentisse necessário. Mas uma parceira para um relacionamento longo deveria tornar sua vida mais fácil, não mais difícil.

• **Ela tem amigos e outros relacionamentos importantes há muito tempo** — É um mau sinal se a pessoa com quem você quer sair não consegue manter relacionamentos longos. Jurei prestar atenção se uma mulher não estava em contato com ninguém do passado dela e se tinha cortado relações com muitos antigos "melhores amigos". Isso poderia significar que o próximo a ter as relações cortadas seria eu.

• **Gostar E amar?** — Em um relacionamento é importante não apenas amar a pessoa, mas também gostar dela. Parece autoexplicativo, mas às vezes eu achava difícil de julgar se eu seria amigo de uma pessoa caso não estivesse transando com ela. Se um feiticeiro lançasse um encantamento que me deixasse incapaz de transar de novo, será que eu ainda curtiria andar por aí com minha namorada? Se a resposta fosse não, então não deveria sair com ela. (Eu sei o que você está pensando, mas não, um contrafeitiço não funcionaria nessa situação. O feiticeiro tem um cajado feito de ossos de dragão, portanto não há defesa possível.)

• **Eu precisava respeitar de verdade a minha parceira** — No passado, quando eu deparava com um problema, com frequência pensava *Não vou incomodar minha namorada com esse problema*, imaginando que sua reação só iria me causar mais estresse. Não acreditava que minha parceira fosse capaz de me ajudar num momento difícil, o que significava que eu realmente não a respeitava nem à sua opinião.

Notei que essa não era exatamente uma lista inovadora, mas, para mim, era importante colocar essas coisas no papel. Eu precisava ser cuidadoso sobre o que eu queria no fim das contas, só assim o amor não poderia me cegar para questões aparentemente óbvias, como havia acontecido no passado.

Simone passava em todos os requisitos para objetivamente ser uma boa parceira para um relacionamento longo. E tinha um ótimo emprego, era socialmente capaz e inteligente, e eu realmente gostava de sair com ela. Não havia dúvida de que ela era um ótimo partido. Eu deveria querer ser o namorado dela.

Entretanto, eu não queria. E não tinha muito a ver com ela. Eu não queria ser o namorado de ninguém. Simone era uma ótima pessoa e curti o tempo que passamos juntos, mas também ansiei para que ela fosse embora, de modo que minha vida pudesse voltar a ser minha. Eu não estava pronto para deixar de ser egoísta, para assumir a responsabilidade que vem com se importar com um cônjuge.

Apesar das dicas dela a respeito do relacionamento terem aumentado com o passar dos dias, chegamos ao fim da semana sem discutir o futuro. Contudo, meu alívio foi curto. Dois dias depois de partir, ela me ligou. Nunca tínhamos falado pelo telefone antes, sempre trocamos mensagens de texto, mas você precisa conversar para ter A Conversa. Demorou alguns minutos para ela se aquecer, mas, em seguida, perguntou sobre "a gente" e eu tive que explicar que não havia "a gente". Eu lhe disse que ficaria feliz em vê-la novamente, mas não queria um relacionamento com ela.

— Mas nós nos divertimos tanto quando eu estava aí — ela disse.

— Sim, nos divertimos.

— Não entendo...

Dava para ver por que ela estava confusa. Passar onze dias juntos, transando, com intimidades, significava alguma coisa. Mesmo se você não verbalizar o que exatamente significam essas coisas, elas ainda significam *alguma coisa*. Ou deveriam. Mas, para mim, não significavam. Eu gostava dela, eu curtia estar com ela, mas não passava disso.

Aquilo era injusto com Simone e fez eu me preocupar com meu próprio estado. Como eu poderia ter sido praticamente o namorado de alguém sem ter me apegado? Ficar solteiro começou como uma escolha, mas comecei a me questionar se eu tinha perdido a capacidade de formar um relacionamento com profundidade. Uma garota incrível tinha entrado na minha vida e a ideia de namorá-la não tinha me tentado nem um pouco. Meu projeto tinha quase um ano e meio, e eu me perguntava se estava fazendo algum progresso emocional ou se estava dando um grande passo para trás.

20.

Usar ou ser usado

No começo de um relacionamento, há uma "magia" em trocar mensagens de texto. O ritmo e o sincronismo podem fluir como uma cena de uma comédia romântica, como se cada lado da conversa tivesse uma criatura mágica gay das florestas ajudando-o a escrever as mensagens.

Quando começamos a sair, Hattie e eu tínhamos essa "mágica". Mas não mais. Só tinha restado a logística.

> **Hattie**: *Cancelei um compromisso hoje. Quer vir até minha casa às 18:00?*
> **Eu**: *Legal*

CHIADEIRA.
Quando começamos, gostei tanto de Hattie, que nem mesmo Planejei os Pontos. Eu a vi duas vezes em nossa primeira semana e, em nosso terceiro encontro, conheci vários de seus amigos em um jantar. Originalmente do Arkansas, Hattie tinha o charme de uma sulista "apropriada": usava vestidos, era invariavelmente educada e sua linguagem nunca era vulgar. Mas, sob o exterior tímido e doce, borbulhava uma sexualidade que ela

não conseguia esconder. Ela tinha a voz de uma cantora de jazz, suave e nebulosa, e olhos castanhos.

Apesar do nosso começo acelerado, só voltamos a nos ver depois de cinco semanas, por causa das agendas lotadas. A percepção de que não estávamos priorizando um ao outro foi o que acabou com a "mágica" nas nossas mensagens. Ainda estávamos abertos a namorar, mas era evidente que não estávamos apaixonados, o que minou o nosso entusiasmo.

No caminho para a casa dela, recebi outra mensagem:

Só um aviso... Tenho um longo dia amanhã. Não posso ficar acordada até tarde.

CONTUNDENTE.

Enquanto caminhávamos até um restaurante nas proximidades, coloquei meu braço ao redor dela, mas ela não se aproximou de mim. O espaço entre nós fez com que parecêssemos adolescentes posando para a foto de formatura. Soltei meu braço depois de alguns passos.

O restaurante japonês, que tinha um carpete sujo, decoração nula e cardápios mal traduzidos, parecia como o restaurante "Plano B" definitivo. Era uma metáfora perfeita para a nossa relação uma vez promissora, mas que agora vivia apenas por conveniência. A comida era ruim e nossa conversa foi ainda pior. Por não termos nos visto por várias semanas, deveríamos ter tido um monte de assuntos, mas ambos caímos no "tudo bem".

Começamos a nos beijar assim que voltamos ao apartamento dela. Nossa habilidade para conversa fiada tinha desaparecido, mas fisicamente ainda conseguíamos manter um papo. Nos agarramos com desespero, tentando abafar o mal-estar entre nós. Nossas necessidades emocionais não estavam sendo saciadas, mas a paixão podia nos fazer esquecer que tínhamos essas necessidades, pelo menos por um tempinho.

Depois disso, quando as reações químicas do sexo recuaram, o afastamento voltou. Deitamo-nos lado a lado sem nos tocar, como irmãos que são forçados a dividir uma cama quando dormem na casa da avó. Bocejos e menções de quão ocupada ela estaria no dia seguinte foram sua única contribuição para a nossa conversa pós-coito. Finalmente peguei a dica.

— Será que eu devo ir para casa, para você poder dormir?
— Acho que sim. — Ela tentou fazer parecer que se sentia mal por algo que provavelmente era o que queria desde o começo.

Enquanto ela me observava vestir a roupa, tive uma sensação inédita: senti que não valia nada. Ela me encaixou em sua agenda não porque quisesse me ver de novo, mas para que pudesse transar, e agora ela estava me mandando sair na noite fria. (Já que eu morava em Los Angeles, não era tão fria — a temperatura era de vinte graus —, mas *emocionalmente* fria.)

Apesar de ser 11:45 da noite, peguei trânsito no caminho para casa, porque sempre tem trânsito em LA. Sentado no meu carro, sem me mover na autoestrada, fiquei com raiva. Não dava para fugir da conclusão: Hattie tinha me usado. Ela tinha usado meu corpo e depois me jogou fora como um doce meio mordido. *Bem, quer saber, moça? Não sou recheado de creme... SOU RECHEADO DE EMOÇÕES.*

Esperava que ela soubesse que tinha perdido ÓTIMAS carícias. Eu tinha meu jogo de carinhos engatilhado: sempre disposto a ficar na parte externa da conchinha, ansioso para fazer massagens nas costas, feliz de falar sobre sonhos e esperanças. Sem mencionar minha pele macia! Comigo, você não iria receber a pele de réptil de um filisteu que não acredita na hidratação. Não, eu uso loção todo dia, e VOCÊ colhe os benefícios.

Enquanto eu olhava para as luzes traseiras vermelhas brilhantes na minha frente, bolei meu plano. Eu iria fazer um ataque em massa de cortejo para conquistar o coração dessa garota. Não haveria mais chamadas ocasionais — iria ligar muitas vezes para conversas longas e envolventes. Haveria flores, bijuterias e presentinhos. E, na próxima vez que transássemos, eu não iria parar até ela ter um bilhão de orgasmos. Depois disso, nos abraçaríamos com tanto calor, que ela pensaria: *Esse abraço mágico é o único lugar em que me sinto segura no mundo todo!*

Eu iria fazer tudo o que alguém faz quando quer ser namorado de uma garota. Tudo, claro, exceto ser o namorado. Uma vez que eu a tivesse cortejado e fosse chegada a hora de ter A Conversa, bem, vamos apenas dizer que seria ela quem estaria presa no trânsito no meio da noite.

Ninguém acua Matteson.

———

— Não sei por que você está tão bravo. Não era isso que você queria? — Kurt perguntou no dia seguinte, enquanto eu comia uma rabanada de brioche com banana e cobertura de caramelo cítrico.

Ele estava certo. Sexo sem compromisso era exatamente o que eu procurava.

— Pois é, eu imaginaria que você estaria orgulhoso — Evan comentou.

Ei, sim, eu devia me sentir orgulhoso! Uma mulher com uma agenda lotada queria prazer sexual e ela me chamou para lhe fornecer isso. *Precisa de uma pausa no ritmo incessante da mulher moderna? Sinta-se à vontade para usar minhas proezas sexuais para sua cabeça de Dar-Conta-De-Tudo.*

Entendi o problema, contudo: embora eu não quisesse uma namorada, queria estar com uma mulher que quisesse ser minha namorada. Eu queria ser querido. É chato rejeitar as pessoas, mas com certeza é pior ser rejeitado.

— Além disso, acho que o seu sucesso em encontros pode ter subido um pouco à sua cabeça — Evan acrescentou.

Eu odiava admitir, mas a ferida no ego provavelmente foi uma grande parte daquilo tudo. *Como Hattie podia me rejeitar, justo eu, o Rei do Encontro?* Era uma atitude nada saudável. Eu precisava tomar cuidado com aquilo.

Evan tinha algumas notícias próprias para compartilhar.

— Então, Joanna apareceu de novo. Ela detonou o carro dela semana passada.

— E você foi ao resgate? — Kurt perguntou.

— Ela me ligou. Claro que muito transtornada. Precisava de um ouvido amigo. Não voltamos, mas nós nos falamos ou mandamos mensagens quase todos os dias. Talvez eu vá visitá-la.

Evan segurou o café na frente do rosto, um escudo contra os olhares reprovadores. Mas nenhum de nós disse nada. Já tínhamos dito tudo antes. Talvez a sexta vez desse resultado.

Quanto a Hattie, nunca mais a vi. Mandei uma mensagem de texto para ela algumas semanas mais tarde, quando aceitei meu status de objeto sexual, mas ela não respondeu. Depois de ter ficado bravo por ela ter me usado, claro que eu estava bravo por ela não querer mais me usar.

21.

O indivíduo cretino e safado

Muitas pessoas saem bêbadas da balada. Isso não é especial. Mas chegar embriagado? Logo às oito e meia da noite? ISSO demanda trabalho. Eu consegui esse feito ao ir a um festival de cervejas antes de seguir para uma boate. Comecei pensando coisas como *Nossa, não acho que já experimentei uma cerveja do tipo Saison tão delicada! Será que detectei alecrim?* Ao fim da sessão, minha análise tinha sido simplificada por ESSA CERVEJA TEM GOSTO E ESTÁ ME DEIXANDO BEM LOUCO!

Bêbado e barulhento após o festival da cerveja, decidi pescar em uma lagoa em que eu tivera sorte no passado, a mesma boate *hipster* onde havia conhecido a Bandeira Vermelha. Porque cheguei cedo, a pista de dança estava esparsa, mas não me importei. Na verdade, gostava de ter o espaço para me expressar plenamente.

Conforme a noite avançou, a pista se encheu de pessoas, muitas delas belas mulheres. Enquanto eu dançava, procurava por alguma parte interessada; eventualmente, uma ruiva bonita chamou minha atenção. Na época antiga (catorze meses antes), fazer contato visual com uma mulher era um feito hercúleo. Ou eu desviava o olhar instantaneamente, revelando a minha falta de confiança, ou olhava muito tempo e parecia ser um louco.

Eu tinha melhorado. Mantive contato visual com a ruiva por um tempo, não o bastante para ela achar que era intencional, então desviei o olhar antes que fosse de *Estou interessado* para *Estou interessado em cortar o seu cabelo para comê-lo*.

Funcionou e nós começamos a dançar lado a lado. Estava valendo. Mas eu não estava pronto para fazer o movimento final. Tinha necessidades mais prementes: outra bebida. Se há uma coisa que as pessoas bêbadas sabem com certeza é que elas não estão bêbadas o bastante. Eu aguardava na fila pelo meu drinque quando senti um tapinha no meu ombro; era a garota da pista de dança.

— Você me largou lá — ela disse.

— Desculpe. Posso compensar te pagando uma bebida?

— Que tal um *shot*?

Exatamente do que alguém que está bebendo há cinco horas precisa. Pedi duas doses de tequila.

Voltamos juntos à pista de dança. Coloquei minha mão na cintura dela e a puxei para perto.

— Finalmente! — ela sussurrou no meu ouvido.

Não era do meu feitio usar o termo "engolir a cara", pois é a expressão mais grosseira possível para "beijar", mas é a melhor maneira de descrever o que estávamos fazendo. Nossas bocas estavam bem abertas, nossas línguas se batiam como dois peixes espasmódicos, e havia um som de beijo bem alto, como quando um cão tenta pegar manteiga de amendoim do chão com a boca. Sim, definitivamente estávamos nos engolindo. Nossas mãos estavam também sobre o outro. Ela começou o primeiro contato, guiando a palma da minha mão até a bunda dela, depois colocou minha mão sobre o seu peito.

Isso aconteceu por muitas músicas, mas então ela desapareceu. Em um segundo, estávamos nos beijando como adolescentes de dezenove anos em Cancun, e no instante seguinte eu estava encoxando o ar. Procurei ao meu redor, mas a luz estroboscópica tornava difícil ver. Para onde ela tinha ido? Eu me empurrei através da pista de dança lotada tentando encontrá-la. Depois de alguns minutos, achei-a na lateral do salão, cercada de amigas — elas devem tê-la tirado de lá. Encontrei os olhos da minha parceira de dança e ela me chamou, mas, quando tentei me aproximar, uma loira baixinha me parou com uma carranca.

— Fique longe dela, seu cretino safado. — Ela cuspiu, antes de puxar minha parceira de dança e de engolida para o banheiro das mulheres.

Fiquei chocado. Cretino safado? Eu? IMPOSSÍVEL. Como eu poderia ser um cretino safado? Eu era tímido no ensino médio!

Claro que nossa interação física tinha sido um pouco extremada, mas foi a garota de quem eu supostamente estava me aproveitando que dirigiu o comportamento. Ela me seguiu na pista de dança. Ela sugeriu os *shots*. Ela disse "Finalmente" quando eu coloquei minhas mãos nela. Se aconteceu algo, ela que tirou vantagem de mim, pobre e inocente. Ali estava eu, me expressando por meio da arte da dança, quando ela me fez tocar seus seios e bunda.

Além disso, era mesmo *tão* ruim assim o que eu estava fazendo com...?

Droga...

Eu não sabia o nome dela. Você deve saber o nome de uma pessoa *antes* de saber o gosto da língua dela. Isso era um pouco cretino e safado, tinha de admitir.

Na faculdade, diversas vezes eu tinha sido o outro fator desta equação. Quando saíamos para ir a bares, minha amiga Tanya ficava bêbada, inevitavelmente começava a dançar com algum cara estranho, e minha namorada da faculdade, Maria, me fazia ir "resgatar" Tanya, puxando-a para dançar conosco. Não era que aquele cara que estivesse sendo horrível ou que Tanya não fosse cúmplice, mas Maria sabia o quanto Tanya se arrependeria quando ficasse sóbria.

Naquele instante, porém, eu era o arrependimento em potencial de quem uma garota precisava ser resgatada. Eu não tinha assediado a ruiva nem feito nada de "errado", mas você não tem que estar fazendo algo mal intencionado para ser um cretino safado. Agora que eu pensava melhor sobre o assunto, alguns dos meus outros comportamentos naquela noite também tinham sido impróprios. Eu estava trocando mensagens de texto, ou, mais precisamente, mensagens sexuais, com duas garotas ao mesmo tempo. Estava até reaproveitando mensagens, copiava de uma conversa e colava em outra. O medidor de cretinice-safadeza estava indo perigosamente para o vermelho.

Mas isso não era tudo.

Eu também tinha escrito para uma terceira garota, minha Amiga de Foda, convidando-a para a balada. Então eu estava pegando a ruiva para matar tempo antes de a outra garota chegar. Quanta elegância. E, quando ela chegou, agi seguindo o mesmo roteiro, beijando e dançando agressivamente.

— Vamos acalmar um pouquinho em público — minha Amiga de Foda disse quando saiu. Eu estava sendo muito agressivo para a minha Amiga de Foda? Isso definitivamente era cretino e safado.

Comecei a minha missão com aspirações elevadas, querendo aprender a respeito do estado moderno do namoro e explorar meus próprios sentimentos a respeito de relacionamentos. Eu havia planejado interagir com as mulheres de forma honesta e deixar todos satisfeitos, física e emocionalmente. Tinha funcionado por um tempo. A maioria das pessoas com quem eu saí tinha gostado do nosso tempo juntos e senti que eu tinha crescido como pessoa.

Só que, naquela noite na boate, meus objetivos virtuosos tinham caído no esquecimento. E não era um incidente isolado — isso vinha acontecendo havia meses. Honestidade tinha se deixado ultrapassar por transa. Já não importava descobrir que traços eu queria em uma parceira de longo prazo, pois o que importava era descobrir como levar outra garota para minha cama. Eu tinha me livrado da aura de cara legal, mas tinha ido muito na direção contrária. Era o equivalente adulto dos moleques que estalavam sutiãs que eu odiava tanto no ensino fundamental.

Agora eu era o Cretino Safado.

Na manhã seguinte, depois que minha Amiga de Foda foi embora, quase não consegui ir ao *brunch* de tão mal que me sentia. Sim, noventa por cento daquilo era uma ressaca das bravas, causada por dez horas seguidas de bebedeira ininterrupta, mas os outros dez por cento eram outra coisa, algo que não poderia ser aplacado com ovos e salsicha (nem mesmo ovos frescos direto da granja e salsichas de frango com manjericão e pimenta). Além da dor de cabeça e do mal-estar, eu estava envergonhado do meu comportamento. Eu não queria ser o Cretino Safado.

— Acho que cansei de sexo casual — contei aos caras durante o *brunch* dos manos. — Sem mais encontros. Estou oficialmente procurando garotas com quem eu poderia ter um relacionamento verdadeiro.

— O fim de uma era — Kurt disse. — Fim de uma era bem safada.

— Falando do fim de uma era — Evan falou —, acho que terminei de vez com Joanna.

Evan deveria estar em Salt Lake City naquele fim de semana, mas a viagem tinha sido cancelada. Dois dias antes de quando ele deveria chegar lá, Joanna pediu que ele não fosse porque estava "confusa". No dia seguinte, ela mudou de ideia, se desculpou e pediu que ele fosse, mas era tarde demais... Evan não queria mais ir.

— Não acho que eu seja capaz de continuar. Quando as coisas estão boas entre a gente, elas são boas, e eu continuo esperando a vida dela se resolver, mas isso pode nunca acontecer. Acho que tenho que aceitar que a nossa relação é o que é e provavelmente não vai mudar.

Pelo meu ponto de vista, esta era uma notícia boa, mas dava para ver que Evan estava deprimido, então eu não tinha certeza de que deveria oferecer felicitações ou condolências (feliçolências?). Kurt e eu lhe dissemos que estávamos orgulhosos por ele ter tomado uma decisão firme, embora acho que secretamente nós dois nos perguntássemos se esse término seria para valer. Já tínhamos ouvido o discurso "Terminei com Joanna" antes.

22.

Podemos transar antes do primeiro encontro?

Sei que acabei de dizer que pararia de ser mulherengo e começaria a procurar um relacionamento. E falei isso do fundo do coração. Mas então recebi a seguinte mensagem de texto: *Você acha que poderíamos transar antes do primeiro encontro? Todo mundo diz para não ter relações sexuais no primeiro encontro, mas ninguém diz nada a respeito de transar ANTES do primeiro encontro.*

Quero dizer, como eu poderia recusar isso?

Respondi que fiquei intrigado. Ela disse que chegaria à minha casa em uma hora e meia.

Que mal poderia haver em mais uma rodada de sexo sem emoção?

———

Emory, um amigo com quem eu me apresentara em alguns shows, tinha me colocado em contato com Lillie. Ela era bonita nas fotos e parecia brilhante — tinha doutorado em física —, por isso dei o sinal verde para Emory.

Duas semanas depois, Lillie mandou um e-mail me convidando para uma caminhada. Normal. Exceto que a caminhada que ela propôs era no Arizona e aconteceria em quatro meses. Não tão normal. Lillie queria que eu fosse com ela a uma atração natural no Arizona chamada A Onda do Deserto [The Wave]. Apenas vinte pessoas eram permitidas lá por dia, e ela tinha ganhado uma entrada em um sorteio. Parecia ser bem legal, mas um feriado prolongado em outro estado parecia um pouco demais para um primeiro encontro. Sugeri que nos encontrássemos para uma bebida para que pudéssemos nos conhecer melhor e eu conseguisse saber mais sobre a viagem.

Contudo, alguns dias depois do encontro marcado, ela me mandou aquela mensagem, e agora uma estranha estava a caminho para me entregar sexo como se fosse pizza. A única coisa que poderia tornar tudo melhor era se ela também trouxesse uma pizza.

Eu estava nervoso. O que deveria fazer quando ela chegasse? Ela estava vindo explicitamente pelo sexo, mas eu deveria oferecer-lhe uma bebida e conhecê-la primeiro? Ou deveria puxá-la para dentro, jogá-la no chão e devastá-la com a minha paixão?

Ela bateu na porta de forma tímida, quase inaudível. Eu abri a porta. Ela usava um vestido amarelo que pendia sobre seu corpo pequeno. Ela estava sorrindo recatadamente. Eu a convidei para entrar e me decidi contra a devastação instantânea; em vez disso, fiz drinques. A conversa fiada logo deu lugar ao silêncio. Tínhamos duvidado um do outro nessa coisa de sexo-antes-do--primeiro-encontro e nenhum de nós sabia como agir. Antes de ela chegar, parecia ser uma situação de um filme pornô, mas a estranheza não era como de um filme pornô. Estava mais pra uma cena de um filme em preto e branco nórdico a respeito da solidão e da natureza humana.

Lillie tomou a frente, pegando minha camisa e me puxando contra ela. Depois de alguns minutos me beijando, ela se levantou.

— Podemos ir para sua cama agora?

Concordei.

— Abra o meu zíper — ela disse assim que chegamos ao quarto. Eu a ajudei a remover seu vestido e, em seguida, tirei minhas roupas. De estranhos para pelados em quinze minutos, um novo recorde pessoal. Fomos para a minha cama e, depois de alguns minutos de pegação, pesquei uma camisinha do criado-mudo.

— Mas já? — ela perguntou.

Aparentemente, agora era eu que estava com pressa.

— Não há pressa — ela disse —, temos a noite inteira.

Eu não sabia que tínhamos a "noite inteira". Quando ela me escreveu, assumi que seria um encontro rápido e apaixonado, possivelmente duraria uma hora. Filmes pornôs não duram a noite inteira.

Continuamos a nos pegar até que, no meio de um beijo, ela se afastou e disse:

— Você é roteirista, certo? O que acontece quando você termina um roteiro? Como é que se torna um filme?

Uma sessão de perguntas e respostas sobre Hollywood naquele ponto parecia estranho, mas, se "estranho" fosse um problema, não teríamos chegado até ali. Com ela nua sobre mim, expliquei o funcionamento da indústria cinematográfica.

O resto da nossa sessão de preliminares continuou dessa maneira, alternando entre interação física e bate-papo. Enquanto ela beijava meu pescoço, ela me falou a respeito do programa de TV favorito dela (*House*) e, no meio de uma punheta, ela me perguntou quantos irmãos eu tinha. Combinar conversa fiada desconfortável de primeiro encontro com pegação era estranho. É estranho contar pra alguém sobre onde você nasceu enquanto você lhe dá uma dedada.

Sem nenhum aviso, Lillie pegou meu pênis e começou a colocar dentro dela.

— Falta botar a camisinha — eu disse, girando para longe dela.

— Não precisamos disso — ela respondeu.

Sou um defensor do sexo seguro. Eu acredito que "isso" é necessário todas as vezes em que rola sexo não monogâmico. Particularmente, acredito que você precisa "disso" quando rola sexo não monogâmico com uma desconhecida. E eu duplamente-superespecialmente acho que precisamos "disso" quando a desconhecida diz "Não precisamos disso". Alcancei a camisinha.

Nossas interações, até então, me levaram a acreditar que ela era confiante e sexualmente experiente, mas o sexo de fato contou uma história diferente. Ela se deitou sob mim, em silêncio e sem se mexer, não dando nenhum sinal de que estava curtindo. Era apenas um ato biológico, pouco agradável para qualquer um de nós.

Quando terminamos, a passividade que ela teve durante o ato sexual desapareceu. Ela aninhou-se ao meu lado, colocando a cabeça na dobra entre o meu braço e peito e envolvendo suas pernas em volta dos meus quadris, agarrando-se a mim como um bebê coala. A pele dela era quente e macia, mas o contato parecia forçado e estranho, muito íntimo.

— Tirei minha carteira de motorista semana passada — ela contou, de repente.

COMO ASSIM? QUANTOS ANOS ESSA GAROTA TEM? O sexo foi tão sem graça porque eu estava tendo relações sexuais com uma virgem de dezesseis anos? Eu me levantei da cama, tirando-a de perto de mim.

— Quantos anos você tem? — exigi saber.

— Trinta.

Deixei escapar um suspiro quando me acomodei no travesseiro, aliviado que a polícia não ia entrar no quarto para me prender.

— Sempre morei em cidades nas quais não precisava dirigir — ela explicou. — Por isso não tinha tirado a carteira de motorista. Eu ainda não tenho um carro.

— E como você chegou aqui?

— Peguei um ônibus.

Em uma noite cheia de coisas bizarras, não ter um carro em LA era a mais estranha. O transporte público de Los Angeles é como uma lenda urbana. Ele parece feito para assustar as pessoas por dirigir embriagadas. Não era de se admirar que ela tivesse dito "Temos a noite inteira" — afinal, ela não tinha como voltar pra casa.

Durante a conversa, ela foi evasiva quando toquei em determinados assuntos.

— Emory disse que vocês se conheceram num show de contação de histórias? — perguntei.

— Não quero falar sobre isso.

— O que fez você me convidar para uma viagem para uma caminhada no Arizona?

— Não posso dizer. Emory pode te contar.

— Como você conheceu Emory?

— LONGA história. Prefiro não falar sobre Emory.

— Você costumava sair com ele ou algo parecido?

Ela olhou para mim por um momento, sem saber se devia responder, e depois tudo veio jorrando.

— Um ano e meio atrás, vi um vídeo de Emory no YouTube. Fiquei encantada e assisti ao vídeo diversas vezes. Estava simplesmente atraída por ele. Comecei a ir a shows de contação de histórias e eventualmente o conheci. Ele tinha uma namorada, mas começamos a nos corresponder por e-mail. Alguns meses depois, ele ficou solteiro e nós saímos: uma caminhada e um jantar. Foi um dia incrível, tipo usar drogas, pura euforia. Mas não recebi notícias dele no dia seguinte nem na semana seguinte. Fiquei em abstinência. Mal conseguia funcionar. Precisava da minha droga de novo, outra dose de Emory. Ele se mudou para Nova York e eu o visitei duas vezes, mas ele não deixava eu ficar com ele, sequer me convidava para o seu apartamento, só me encontrava para almoçar ou jantar. Emory tinha uma nova namorada, mas continuei mandando e-mails e o chamando para sair, porque sabia que estávamos destinados a ficar juntos. Concordei em sair com você porque Emory tem um jeito de me colocar para fazer coisas.

Este encontro era uma armação, em todos os sentidos. Emory não tinha pensado que nós seríamos um bom casal; ele a empurrou para mim porque não a queria. Ao longo de um ano saindo com pessoas desconhecidas na internet, o único encontro estranho que tive foi arrumado por um amigo.

Fiquei quieto, sem saber como responder.

— Emory me falou para não contar nada disso para você, porque poderia arruinar as coisas entre a gente. Arruinou?

— Eu diria que ser uma espécie de substituto sexual para Emory prejudicou as chances de sairmos a sério, sim.

— Você está bravo? — ela perguntou.

— Não.

E não estava mesmo. Minha emoção principal tinha sido alívio. A revelação dela significava que eu não tinha responsabilidade. Depois daquela noite, eu não precisaria vê-la de novo, não precisaria ter A Conversa e não precisaria me sentir mal quanto a isso. Minha parte tinha sido uma parte menor na história de Emory. Fui dormir tranquilo, sabendo que aquilo tudo estaria terminado na manhã seguinte.

— Sabe como animais de estimação te acordam cedo porque eles precisam comer? — Lillie perguntou.

Acordei piscando e dei uma olhada no relógio. Era cinco e meia da manhã.

— O quê? Você tá com fome? Posso te fazer um mingau.

— Não, eu quero transar.

Ela (ainda nua) subiu em cima de mim. Eu me senti ficar ereto, mas DE JEITO NENHUM. Estava cheio de fazer parte daquela situação. *Desculpe, pênis, o cérebro vai aplicar seu poder de veto raramente utilizado.*

— Não estou no clima para isso no momento — eu disse.

Ela assentiu com a cabeça e rolou para o lado dela da cama. Uma hora mais tarde, nós nos levantamos e eu a levei para casa. Apesar da bizarrice da noite, fazê-la tomar o ônibus às seis e meia da manhã era muita crueldade.

A "caminhada da vergonha" pode ser estranha, mas não é nada se comparada à vergonha de dirigir-até-a-casa-dela-por--uma-hora-no-trânsito-de-LA. Durante o percurso, falei o mínimo possível, encarando diretamente à frente, com meu foco todo na estrada. Mantive as duas mãos no volante, usando o alinhamento apropriado, de forma que não tivesse a possibilidade de darmos as mãos.

Em um sinal vermelho, Lillie apontou para um anúncio de camisinhas em uma placa publicitária e disse:

— Não acredito que você gosta de usar essas coisas.

— Eu não GOSTO delas, mas é importante usá-las, a não ser que se esteja em um relacionamento monogâmico.

— Eu não planejo transar com mais ninguém — ela afirmou.

O QUÊÊÊÊÊÊÊÊÊÊ?! Ela estava sugerindo que éramos um casal? Isso era demais. Eu não conseguia mais ser educado.

— Bem, eu pretendo — falei. — Estou saindo com outras pessoas. E planejo continuar a fazer isso.

— Tudo bem — ela respondeu.

— É, é mesmo.

Fui até o meio-fio diante de seu apartamento.

— Vejo você terça-feira — ela disse ao sair do carro.

Ela estava se referindo ao nosso "primeiro encontro" originalmente planejado, que eu sabia que não iria acontecer, mas não precisava contar ali.

— Hã, sim, vejo você na terça — respondi antes de ir embora acelerando.

A primeira mensagem de texto veio apenas duas horas depois.

Estou com saudades.

Como ela podia estar com saudades? *VOCÊ NÃO ME CONHECE, MOÇA!*

Embora eu não tenha respondido a nenhuma das mensagens de Lillie, elas vinham em uma torrente, dezenas delas. Notícias sobre trabalho, planos de fim de semana e ideias a respeito da viagem ao Arizona (à qual eu ainda não tinha concordado em ir). Deixando de lado a bizarrice com Emory, ISSO era um comportamento grotesco. Ela não sabia que o protocolo apropriado a seguir se você gosta de alguém é fingir que não gosta da pessoa?

Ela parecia acreditar que nossa noite juntos era o começo de um romance épico. Mandei um e-mail explicando que tinha sido agradável conhecê-la, mas que eu não sentira nenhuma conexão romântica. Cancelei nosso encontro e sugeri que ela encontrasse outra pessoa para levar ao Arizona. Eu fui legal, mas firme, não deixando nenhum espaço para mal-entendidos. Pensei que aquilo colocaria um fim nas mensagens.

Isso apenas aumentou a frequência delas.

Meu telefone começou a apitar e não parou — ligações, caixa-postal, mensagens de texto e e-mails. Ela perguntava o que tinha feito para me irritar, oferecendo diferentes teorias de por que não havia rolado entre a gente. Ela tinha sido muito séria? Ela não tinha sido séria o bastante? Tinha sido o lance com Emory? Ela implorou para que eu respondesse, continuou dizendo que sentia saudades. Se eu mando duas mensagens que ficam sem resposta, presumo que a pessoa ou não está interessada ou está morta, e nunca entro em contato de novo. Porém, meu silêncio teve o efeito oposto em Lillie. Tive de desligar o telefone para poder dormir naquela noite, e as mensagens continuaram no dia seguinte.

Especulei que Emory acabou enrolado com Lillie ao tentar ser polido e sutil, um erro que eu não iria repetir. Ignorar Lillie não estava funcionando; portanto, eu tinha que ser franco.

Lillie,

Nossa noite juntos não me ofendeu e eu não estava bravo com você, mas eu não senti uma conexão forte, romântica ou platonicamente. Embora não tenha ajudado, não foi por causa do lance com Emory — eu apenas não senti a "fagulha" necessária para continuarmos saindo, nem mesmo casualmente. Sinto que estou sendo perseguido e isso está me deixando irritado. Mandei meu primeiro e-mail como uma forma legal e honesta de te informar que eu não estava interessado em ter nenhum relacionamento futuro com você. Por favor, aceite e respeite os meus desejos. Acho que é melhor que não saiamos novamente, nem mesmo como amigos. Por favor, pare de tentar me contatar.

Lillie me mandou mais uma mensagem.

Matteson,
Queria que você tivesse simplesmente me mandado primeiro este e-mail. Acho que é muito natural eu ficar chateada e eu queria falar mais sobre isso. Ignorar alguém não é uma boa forma de se comunicar. Mas você vai ter o que quer, não vou mais contatá-lo. Queria que tivesse funcionado. Gostei mesmo de você.

Fiquei tentado a responder e dizer algo como *Se fosse mesmo me dar o que pedi, você não teria me mandado este e-mail.* Ou *Sei que silêncio não é a melhor forma de comunicação, é esse o ponto, eu não queria me comunicar com você.* Ou *Seria natural você ficar chateada se nós tivéssemos saído MAIS DO QUE UMA VEZ.* Mas não fiz nada disso. Deixei como estava.

Encontrei Emory alguns meses depois.

— Então, quando você me juntou com a Lillie, você fez isso para tirar ela do seu pé?

— Não! Eu esperava que vocês fossem se dar bem. Vocês pareciam que dariam um bom par. Eu pensei... Sim, estava tentando me livrar dela. Desculpe.

Apesar de todas as saídas que eu tivera, minha experiência com Lillie foi o meu primeiro caso de uma noite só. Antes de Lillie, eu saí com as pessoas pelo menos umas duas vezes e pude conhecê-las um pouco mais. Um ano e meio depois que começara meu plano, cheguei ao extremo lógico da minha experiência: encontros reduzidos a nada mais do que sexo. Eu não tinha curtido. A experiência tinha sido desumanizante para ela e para mim. Depois da minha noite desprezível na boate, senti que eu *deveria* mudar. Depois de Lillie, eu *queria* mudar.

Eu tinha saído do meu estado de coração partido, me livrado das tendências a ser um cara legal e tinha me tornado "bom" em namorar. Era chegada a hora da fase seguinte do Plano. Eu estava pronto não só para ter uma namorada de novo, mas para usar o que eu tinha aprendido para encontrar o relacionamento PERFEITO.

Parte IV

Isso só acontece nos filmes

23.

Os melhores planos pra se dar bem

Não precisei procurar muito pra encontrar uma garota para sair seriamente; eu já estava saindo com ela. Já tinha encontrado Ella três vezes antes da minha noite furtiva com Lillie. Um primeiro encontro só com drinques com a loira alta tinham me levado até o segundo encontro com jantar e pegação no carro, o que levou ao terceiro encontro no meu apartamento e ao sexo. Não aconteceram "fogos", mas nós subimos a ladeira dos encontros de forma ordenada e nos divertimos em cada etapa. Era bom e fácil, e, depois de Lillie, "bom e fácil" parecia bem certo. Ella também atendia a todos os requisitos da Lista, então, depois de mais alguns encontros, decidi pedi-la em namoro. Fui falar com ela sem o medo da Conversa, feliz por contar a Ella que eu queria ficar exclusivamente com ela, em vez do contrário. Ella concordou que éramos um bom par e eu tinha uma namorada de novo.

 Até eu estar livre do turbilhão dos encontros, eu não tinha percebido o quão exaustivo aquilo tinha sido. Entre procurar pessoas para sair, procurar lugares para os encontros, ir aos encontros e pensar em jeitos de dizer às garotas que eu não queria sair de novo, eu tinha usado a maior parte do meu tempo livre. Foi ótimo pegar o tempo que eu estava gastando no OkCupid e usá-lo em atividades mais produtivas (Tumblrs de filhotes de animais usando chapéus).

Depois de passar meses complicando minha vida por sair com várias pessoas ao mesmo tempo, meu relacionamento com Ella era bem direto. Pedíamos comida, assistíamos à TV, bebíamos uísque e saíamos nos fins de semana. Não era excitante, mas era bom passar um tempo com alguém em vez de estar em um "encontro" com ela.

Estávamos juntos havia dois meses quando, na noite de Ano-Novo, com os balões da meia-noite caindo entre nós, Ella se inclinou e disse:

— Eu te amo.

Eu a encarei, surpreso pela declaração.

— Você não precisa dizer de volta — ela falou —, só queria que soubesse disso.

Eu a abracei com força, na esperança de que a afeição física compensasse minha falta de afirmação verbal. Eu não sabia se a amava. Nós nos divertíamos juntos, um monte de risadas, e não brigávamos, mas eu não sentia a euforia poderosa e a emoção que normalmente acompanham o amor.

Contudo, não era o propósito da minha missão encontrar um relacionamento não induzido pela paixão? Em vez de o amor florescer da paixão, poderíamos cultivar o nosso a partir de compatibilidade, amizade e respeito. Não, eu não amava Ella, mas conseguia ver um futuro em que eu a amaria, então decidi arredondar para cima meus sentimentos. Ao final da música, sussurrei de volta:

— Estou me apaixonando por você também.

Pouco depois do Ano-Novo, Ella mudou para um apartamento na mesma rua do meu, então nos víamos quase todos os dias. Nós caímos na rotina de uma relação de companheirismo agradável e, pela primeira vez em muito tempo, me senti contente. Eu tinha recomeçado emocionalmente, reavaliado o que queria em uma parceira e encontrei uma pessoa significativamente sensata com quem eu poderia construir uma relação estável de longo prazo.

Em fevereiro, viajei de férias para a Tailândia com Kurt e Grant. Quando compramos nossas passagens meses antes, a viagem seria uma extensão do meu experimento, uma oportunidade de umas férias de pegação, mas estar com Ella significava que isso era carta fora do baralho. Eu não ligava. Meu relacionamento com ela era o ponto culminante do meu plano, algo que eu tinha estabelecido dezoito meses antes, então perder um pouco de ação em uma viagem não era um grande sacrifício.

Depois de alguns dias em Bangkok e uma viagem até o templo Angkor Wat, no Camboja, Kurt, Grant e eu fomos até a ilha de Ko Phangan. Reservamos um hotelzinho em uma praia de areia branca onde cada um de nós alugou o próprio chalé, completo com uma rede na varanda da frente, por 15 dólares a diária.

Ko Phangan é conhecida majoritariamente por suas festas épicas às luas cheias, que acontecem, como você já adivinhou, a cada lua cheia. As fotos na internet mostravam que parecia um míni Burning Man, o que, claro, tinha me intrigado. Infelizmente, nossa viagem não coincidia com uma lua cheia, mas isso acabou não sendo um problema — poderíamos ir à festa da lua crescente. Em algum momento, os moradores descobriram que turistas pagariam para ficar bêbados durante qualquer fase da lua, de modo que a lista cresceu para quatro festas por mês.

Fomos até a festa da lua crescente na carroceria de uma picape — o que se passava por um táxi na ilha — com cerca de outras dez pessoas. (Não há muitas leis de segurança na Tailândia.) Todo mundo na picape era pelo menos cinco anos mais jovem que a gente.

O local da festa estava em algum lugar nas profundezas da selva e consistia em vários bares, em níveis diferentes, circundando uma pista de dança situada entre duas colinas. Centenas de corpos, todos com camisas brilhantes de néon e pintura corporal, iluminavam a festa, fazendo o lugar parecer um grande prato de cereal matinal colorido.

Fomos até a pista de dança (ou "chão de dança", já que não havia pista, apenas terra) e logo nos perdemos uns dos outros. Um britânico musculoso e sem camisa me segurou pelos ombros. O suor dele, colorido pela pintura corporal, pingou no meu pescoço. Ele fedia a Red Bull e perfume barato.

— O que você está bebendo, cara? — ele gritou.

— Nada no momento, só estou dançando.

Ele balançou a cabeça em uma negativa, ofendido pela minha resposta.

— O que você está bebendo? — devolvi a pergunta.

Ele levantou um Thai Bucket, o drinque que era a especialidade da ilha, e deu um gole. Thai Buckets são uma a mistura de rum, Red Bull e Sprite servida em um balde de plástico. É o tipo de drinque que transforma a "noite" em uma "noitada".

— TUDO! — o jovem britânico disse. — Estou bebendo tudo, cara.

Enquanto o observei ir embora trôpego, acreditei no que ele havia dito. E ele não parecia ser o único a beber "tudo". A festa estava cheia de pessoas que eram muito jovens e estavam muito bêbadas. Muitas pareciam estar se embriagando pela primeira vez na vida. As festas no Burning Man eram loucas, mas a idade média era de 35 anos, então parecia mais responsável. O clima na festa da lua crescente era menos pessoas-de-espírito-livre-se--divertindo e mais viagem-de-formatura-em-Cancun.

Eu estava vagando pela pista de dança, observando decisões ruins sendo tomadas à minha volta e me sentindo velho, quando senti um tapinha no meu ombro. Me virei para ver uma garota bonita olhando para mim de uma plataforma elevada.

— Conheço você — ela disse com um leve sotaque. — Você é o dançarino.

Meu estômago se agitou com o reconhecimento. Na noite anterior, Kurt, Grant eu tínhamos dividido uma garrafa de uísque tailandês antes de ir a um bar na praia. Já quase no fim da noite, conhecemos duas garotas, Nellie e Astrid. Elas eram suecas, embora nenhuma das duas se ajustasse ao estereótipo típico nórdico de cabelos loiros e olhos azuis, pois ambas eram morenas. Quando Grant me apresentou, Nellie declarou:

— Vocês são amigos DELE? O dançarino!

Embora eu amasse dançar, não sou um bom dançarino. Mas acho que me destaquei porque eu era uma das poucas pessoas na festa que estava realmente dançando. Todos os outros caras estavam mais interessados em esfregar suas virilhas contra alguém. Que desagradável, né? Eu nunca faria isso, pelo menos não desde que parei de ser o Cretino Safado, quatro meses antes.

Grant e eu conversamos com a dupla por apenas alguns minutos, mas tempo o bastante para saber que elas estariam na festa da lua crescente no dia seguinte. Foi Nellie que me deu o tapinha no ombro. Astrid não estava por perto.

— Você quer dançar comigo aqui em cima? — ela perguntou.

— Claro!

A pequena plataforma, a cerca de um metro do chão, tinha mais ou menos uma dúzia de pessoas, mas havia bastante espaço para dançar. Depois de alguns minutos, Nellie parou, olhou pra mim e riu.

— Eu te faço rir? — inquiri.

— Sim. Você gosta mesmo de dançar. Você é a verdadeira rainha da dança — ela disse com um sorriso que indicava que era um elogio.

Do nosso poleiro elevado, ficávamos visíveis para grande parte da festa. Todos os olhos estavam em Nellie. Ela era cheia de energia, sexy e hipnotizante. Os quadris dela se moviam com precisão e no ritmo perfeito, como se fossem programados pela NASA.

Caras circulavam Nellie como mariposas circulando uma lâmpada, mas, como os insetos condenados, todo mundo era dispensado. A maioria só precisava de uma negativa com a cabeça; um cara precisou levar um tapa de Nellie para cair fora. Algumas vezes, ofereci minha mão e a puxei para "segurança", me colocando entre ela e algum cara particularmente insistente. Eu estava de volta ao lado correto da divisão da safadeza.

— Onde está sua amiga Astrid? — perguntei.

— Espero que se divertindo com um rapaz americano dela.

Um rapaz americano dela. Isso implicava que eu era o rapaz americano de Nellie e ela estava se divertindo comigo naquele momento. Nunca tinha considerado que uma europeia pudesse ter uma queda por rapazes americanos, aquela intriga internacional poderia funcionar no outro sentido. Pela primeira vez na minha vida, eu, um rapaz normalzinho do centro dos Estados Unidos, me sentia exótico. Eu poderia surpreendê-la com o meu conhecimento de caçarolas e com a minha falta de conhecimento sobre a geografia do mundo.

— Está tão quente aqui — Nellie disse enquanto enfiava a ponta da bainha da camisa através da gola, transformando sua blusa em um top que revelava sua barriga sarada. Senti desejo e paixão de uma forma que não sentia por Ella, pelo menos não tanto assim. Coloquei minhas mãos na cintura de Nellie. Surtos de compulsão animalesca passaram pela minha mente: ficar com Nellie em um canto escuro; levá-la de volta ao meu hotel; transar na praia; abandonar Kurt e Grant e ir com Nellie até o próximo destino dela; começar uma nova vida na Suécia.

Gostaria de poder dizer que resisti a beijar Nellie. Isso não seria um bom momento para esta história, uma prova real de que mudei e evolui? Mas não aconteceu isso. Eu beijei Nellie. Não foi a pegação completa, apenas um selinho de leve, sem língua, pudico até para os padrões do ensino fundamental, mas ainda assim era traição.

Não muito depois do beijo, eu me senti culpado e fui atrás de Grant e Kurt. Eles estavam bebendo cervejas a uma mesa e assistindo a um grupo de australianos enormes sugarem balões de óxido nitroso até cair. (Não havia muitas leis de segurança na Tailândia.) Enquanto o nascer do sol se aproximava, a multidão começou a diminuir e os demais estavam molhados de suor e desleixados. Decidimos partir.

Grant tinha dançado um pouco com Astrid naquela noite e nós dois queríamos nos despedir das suecas, mas elas não estavam em nenhum lugar visível, provavelmente em seu caminho para pegar a balsa do início da manhã em direção à próxima ilha, para a próxima festa, para os próximos rapazes americanos. Eu não sabia qual era o e-mail de Nellie, número de telefone ou sequer seu sobrenome, mas provavelmente foi melhor assim — não haveria nenhuma tentação de entrar em contato com ela. Ela pra sempre permaneceria minha deusa sueca impecável, e eu seria a rainha americana da dança dela.

De volta ao hotel, eu não me sentia pronto para dormir.

— Cerveja na varanda? — perguntei.

— Cerveja na varanda — Grant confirmou.

O sol ainda não tinha nascido, mas estava perto o bastante do horizonte para nos dar uma previsão. Ao longe, um barco tradicional da Tailândia, com pilhas de redes, navegava em direção a um local de pesca, deixando uma esteira na água plana turquesa. Depois de beber nossas cervejas em silêncio por vinte minutos, falei:

— Então, devemos fazer as malas e seguir as suecas em direção ao Ko Phi Phi?

Grant riu e concordou. Mas eu só estava brincando. Eu podia sentir a decepção no meu estômago, a atração da Grande Narrativa Romântica. Parte de mim queria ser impulsivo, ir atrás de Nellie, ir de bar em bar na próxima ilha até sentir um tapinha no meu ombro e ouvi-la dizer "Eu te conheço". Seguir uma garota pela Tailândia porque você teve um lance na pista de dança... ISSO é o começo de uma história de amor. Daria uma história muito melhor do que a que eu tinha com Ella, que consistia em nós nos encontrarmos pela internet e sairmos juntos porque era sensato. Ninguém iria querer ver este filme.

Estar na casa dos trinta anos é estranho. Você não é "jovem", mas é jovem o suficiente para ainda desejar os prazeres da juventude. Você não é "velho", mas tem idade suficiente para compreender que um dia será "velho". Me preocupei em ter acabado de desperdiçar um pouco da minha oferta cada vez menor de jovens por lealdade a uma mulher que eu poderia nem mesmo amar. Ella era uma boa escolha como parceira, mas eu estava pronto para fazer boas escolhas? Será que estaria algum dia?

Um pouco de sono e um hambúrguer fizeram com que me sentisse um pouco melhor naquela tarde, e já não estava pensando em pular em uma balsa para encontrar Nellie. Ela tinha voltado a ser apenas uma garota bonita, em vez de um referendo das minhas escolhas na vida e um lembrete da minha mortalidade, e eu estava de volta ao sentimento otimista sobre meu relacionamento com Ella. Verdade, eu não tinha gabaritado o teste da tentação, mas imaginei que escapar com apenas um beijinho me dava uma nota seis, o suficiente para passar. Eu me senti aliviado por não ter ido mais longe e decidi não me colocar em uma situação semelhante novamente. Meu flerte com a infidelidade havia galvanizado meus pontos de vista sobre a relação: eu não queria perder Ella. Fiquei animado para ver o que nosso relacionamento adulto poderia se tornar.

Então, é claro que Ella me deu um pé na bunda duas semanas depois.

24.

A Carta

— Você não podia ter terminado comigo ANTES de eu ir pra Tailândia?

— Desculpe — disse Ella dando de ombros, sem saber que seu timing ruim tinha me custado uma vida cheia de suéteres nórdicos e almôndegas suecas.

Eu já tinha voltado havia dez dias, quando Ella me escreveu dizendo que iria passar em casa porque nós "precisávamos conversar". Isso não era uma surpresa completa. Desde o meu retorno, ela estava saindo mais com amigos e respondendo menos às minhas ligações. O comportamento dela não tinha sido tão extremo quanto o de Kelly, mas era um cenário familiar. Eu ter beijado Nellie não tinha nada a ver com aquilo, também, porque eu não tinha contado a Ella (nem escrito em um e-mail).

Naquela noite, depois do trabalho, houve uma batida na minha porta. Ella tinha as chaves da minha casa, mas não as usou. Eu acho que ela acreditou que era adequado bater na porta quando se visita alguém para dar um pé na bunda. Ela começou com amenidades gerais sobre o quão legal eu era e, em seguida, explicou que, enquanto eu estava na Tailândia, ela não sentiu minha falta tanto quanto achou que deveria, o que a fez reconsiderar nosso relacionamento.

— No papel, você é um ótimo namorado, mas nós somos muito similares. Eu não me sinto desafiada por você, por este relacionamento. Não acho que combinamos.

Não entendi o que ela queria dizer com "não se sentir desafiada", mas não podia contradizer a essência básica da fala de Ella. Desde o nosso primeiro encontro, eu sabia que não havia mágica entre nós, que a nossa era uma relação da cabeça, não do coração, mas era justamente isso que tornava a coisa interessante para mim. Para Ella, contudo, era o fim.

— É que tem algo faltando entre a gente — ela disse. — Eu me apressei em algo com um cara legal antes e eu não queria deixar o nosso ir muito adiante, não importa o quão agradável seja. Não seria justo com você.

Já que meu esforço para salvar o namoro com Kelly tinha falhado de forma tão sofrível, não botei muito esforço desta vez. Depois de uma conversa rápida, nos despedimos, ela foi embora e eu estava solteiro de novo.

Fui dormir imediatamente. Bem, depois de uma rápida busca no Facebook por Nellie, que não rendeu resultados — acabou que tem MUITA gente que se chama Nellie na Suécia. Me deitei na cama, incapaz de pegar no sono, e a cada virada no travesseiro minha raiva aumentava.

Eu estava com raiva de Ella ter me largado porque eu era muito bonzinho (era isso que "não se sentir desafiada" significava?). Eu estava com raiva de ela ter dito que me amava e ter mudado de ideia apenas três meses depois. Com raiva de a declaração de amor ter me feito levar mais a sério nosso relacionamento. Com raiva do que ela tinha dito: "Eu me apressei em algo com um cara legal antes", como se eu fosse um passo genérico no padrão de namoro dela.

Talvez, acima de tudo, estivesse com raiva de Ella ter arruinado o meu plano e me transformado num fracasso. Dezenove meses depois de ter começado, eu estava exatamente onde tinha começado: chutado. Será que ela não entendia que eu tinha chegado à fase da minha relação adulta de redenção dentro do meu crescimento pessoal?

Quando estou sobrecarregado, eu não bebo, soco coisas nem chamo uma prostituta; eu escrevo. Depois de algumas horas tentando dormir, decidi escrever uma carta para Ella. Martelei o teclado, digitando o mais rápido que já tinha digitado desde o meu teste de velocidade de digitação no oitavo ano escolar.

Nunca fui bom em expressar a raiva. Em conversas com namoradas ou outras pessoas, eu raramente dizia "raiva", mas optava por palavras como *frustrado* ou *incomodado*, não importava quão notória fosse a ofensa. Se tivesse que confrontar um assaltante que roubou meu carro, eu provavelmente diria: *Estou frustrado porque você roubou meu carro e me incomodou que você o tenha usado como um vaso sanitário.*

Na minha ânsia de evitar a sensação de raiva, eu me iludia em pensar que não tinha sido injustiçado, que tudo estava bem, e foi o que eu fiz tanto com Kelly quanto com Ella. Eu preferia me culpar por ficar bravo com alguém, porque a raiva parecia ser uma fraqueza para mim. Significava que alguém tinha me afetado e eu não estava mais no controle.

Agora, porém, eu estava pronto para sentir raiva e derramei toda aquela emoção na carta. Eu não queria vilanizar Ella ou bancar o mártir, mas queria que Ella soubesse que me magoou. Eu estava cansado de não contar às pessoas que elas tinham me magoado.

Terminei por volta das quatro da manhã. A carta foi longa. Tipo, MUITO longa. Com dez páginas, 2.895 palavras. Isso é maior do que vários capítulos deste livro. É mais longa que MUITAS coisas.

Coisas mais curtas que o meu e-mail:

- A Declaração de Independência dos Estados Unidos (1.323 palavras) — Os pais fundadores declararam independência com metade das palavras que eu precisei para expressar meus sentimentos.
- Gênesis: Capítulo 1 (825 palavras) — O mundo tinha sido feito em um quarto das palavras que eu precisei para dizer "você me magoou".
- "A canção de amor de J. Alfred Prufrock" (1.108 palavras) — T. S. Eliot lançou a poesia modernista na língua inglesa com essa obra-prima que é bem menor do que minha explicação de como tomar um pé na bunda tinha me deixado triste.
- O Discurso de Gettysburg (272 palavras) — Em uma fração das palavras que eu precisei para dizer "Meu coração tem buraquinhos", o presidente Lincoln CUROU A NAÇÃO.
- "Vendem-se sapatinhos de bebê nunca usados" (6 palavras) — Vá se foder, Hemingway.

Apesar da extensão, o que eu tinha escrito parecia honesto e algo que valia a pena ser dito. No passado, eu nunca teria mandado tal e-mail, mas estava cansado de bancar o descolado e tentar "vencer" os términos. Mandei e fui dormir. Depois de tirar o veneno do meu corpo, caí imediatamente no sono.

Ella não me deu notícias por umas duas semanas (provavelmente porque a carta era muito longa para ser lida rápido), mas acabou respondendo. O e-mail dela era muito menor que o meu (algo entre O Discurso de Gettysburg e o Gênesis), e ela reclamou de coisas desnecessariamente maldosas que eu tinha dito, mas seu tom geral foi atencioso, razoável e amável. Ela encerrou o e-mail dizendo: *Sinto muito que eu disse que te amava. Pensei que amasse. Mas eu deveria ter pensado mais sobre isso em vez de ter ficado presa em como imaginava nosso relacionamento. Eu sinto muito que eu não fui melhor.* Ela disse que sentia muito. Eu tinha dito a Ella que ela me magoara e ela se desculpou. Era algo simples, algo ensinado no jardim da infância, mas me trouxe um alívio imenso. Até aquele momento, eu não sabia o quanto precisava ouvir alguém dizer que meus sentimentos importavam.

Nos dias que sucederam a resposta de Ella, me senti feliz e mais leve, mas ainda restava uma questão: por que o pedido de desculpas dela significou tanto para mim? Além disso, por que eu tinha escrito a carta, para começo de conversa? Eu tinha namorado Ella por menos de seis meses e não tinha nem certeza se a amava, ainda assim, senti a necessidade de um final extremo. Isso não fazia sentido.

Então me dei conta... Eu tinha mandado uma carta para a pessoa errada. Embora o nome de Ella estivesse no topo, a carta era de fato para Kelly. Estava preenchida com todas as coisas que eu queria dizer a ela, mas nunca tinha dito.

Eu havia escrito uma longa carta para Kelly perto do fim, mas o seu propósito era salvar o relacionamento — eu falei pouco sobre a dor que ela me causou, focando mais como consertar o que estava errado. Depois que ela me dispensou, me dediquei a esconder minhas feridas de forma que pudesse "vencer" o término: cumpri meu plano de recuperação de coração partido e iniciei o Protocolo Fantasma. Eu a bloqueei nas redes sociais, joguei fora fotos e lembranças, e fiz o meu melhor para removê-la do meu cérebro. Eu não precisava contar a Kelly que ela tinha me magoado por que, afinal, quem era Kelly?

Eu tinha repreendido e até mesmo sentido pena de Evan por não ter conseguido superar Joanna, mas pelo menos ele estava sendo genuíno, enquanto eu estava enterrando minhas emoções sob sexo e sob uma filosofia pseudointelectual a respeito de encontros. Não importava com quantas mulheres eu saísse para provar que tinha "superado" meu relacionamento com Kelly, eu não havia conseguido. Tinha, sim, superado querer estar com ela especificamente, mas isso não significava que eu tinha superado a perda da própria relação. Por não expressar a minha dor durante e depois do término, permiti que ela se agravasse.

Embora eu tivesse mandado a carta para a pessoa errada (sinto muito, Ella!), funcionou. Apenas por dizer a ALGUÉM que ela tinha me magoado fez com que a raiva se dispersasse. Tinha levado mais de um ano e meio, quase trinta mulheres, algumas drogas no deserto e um e-mail absurdamente longo, mas eu finalmente tinha seguido em frente e conseguia ver Kelly sob um prisma diferente. Ela não era uma garota-fada-maníaca-dos-sonhos, uma criatura perturbada que apenas eu podia salvar como parte da minha "jornada do herói". E ela terminar comigo não era um movimento equivocado autodestrutivo. Ela era apenas uma garota que dispensou um rapaz porque não estava mais apaixonada por ele. Que é algo que acontece. Não é nem um pouco digno de cinema, mas acontece.

25.
Uma infiltrada no brunch dos manos

Havia apenas dois requisitos para participar do *brunch* dos manos:

1. Ter amor por combinar duas refeições em uma super--refeição de horas de duração que se centram em coberturas sazonais.
2. Ter um pênis.

Só isso. Bem simples. Ou assim eu pensava, até que Evan quebrou a segunda regra ao convidar uma mulher para se sentar conosco. Parecia absurdo. Quero dizer, qual é, uma MULHER? Em um *BRUNCH*? Era como uma mulher usando um mictório — será que ela saberia o que fazer?

— Vocês gostariam de dividir uma porção de rabanada com pêssegos caramelizados se eu pedir uma?

Nós mal tínhamos nos sentado quando ela fez essa sugestão de *brunch* de nível profissional. Talvez ela estivesse pronta pra entrar em campo.

A mulher em questão era Laura, amiga e ex de Evan, para quem eu tinha mandado mensagens antes no OkCupid, no começo do meu processo de sair com as pessoas, sem perceber que já a conhecia. Nós tínhamos visto um ao outro algumas vezes desde a nossa trombada on-line, e ela sempre fez questão de provocar tanto a Evan quanto a mim sobre isso. Evan, por ser um empata-foda, e a mim, por ser um safado que ela ficou feliz em ter evitado.

Uma grande parte da conversa no *brunch* focou em mim (surpresa, surpresa) e na Carta. Expliquei como aquilo enfim encerrou meu relacionamento com Kelly.

— Na verdade, eu acho que agora finalmente estou pronto para namorar de verdade.

— Não me entenda errado — Evan disse. — Eu me senti mal quando Ella te dispensou, mas parte mim pensou que o seu plano tinha dado certo DEMAIS.

— Bem, os deuses me puniram por minha arrogância. Mas talvez agora eu consiga encontrar um relacionamento com alguém que não precise ser "desafiada".

Laura se ajeitou na cadeira.

— Foi isso que sua ex disse? Que você não a desafiava?

Assenti com a cabeça.

— Era isso que o meu ex dizia também! Quem quer ser desafiado pela namorada? O que isso significa?

— Não sei! — respondi. — Quero dizer, a vida já não é desafiadora o bastante?

— Exato — Laura falou. — É exatamente o que eu penso.

Eu tinha ouvido falar sobre a separação de Laura, que tinha acontecido uns meses antes de Ella me dar um pé na bunda, e o término dela estava muito acima na escala da desgraça. Nem tanto por perder o relacionamento, que só tinha seis meses, mas pelo modo como aconteceu. O namorado dela a tinha dispensado no meio de uma viagem de trabalho/ férias a Hong Kong, pela qual Laura tinha pagado. Ela teve que sair de crises de choro e de brigas para jantares extravagantes com clientes. E, pior de tudo, eles não conseguiram trocar os assentos na viagem de volta, então ela teve que se sentar ao lado dele no avião por quinze horas de voo. *Não, sem problema, pode usar o braço da cadeira, DO MESMO JEITO COM QUE VOCÊ ME USOU.*

    O que me surpreendeu não foi a separação em si, mas o fato de que foi ele quem tomou a iniciativa — eu imaginava que seria ela a terminar. Durante o meu único encontro com o tal namorado, eu o considerei indigno. O motivo? Ele comia os mariscos lentamente. No jantar de aniversário do Evan, todo o nosso grupo precisou ficar sentado esperando por mais meia hora, enquanto ele terminava de comer. Ele levava alguns minutos para preparar e comer cada marisco, e baixava o garfo entre as mordidas, como se precisasse descansar depois de tamanho esforço físico. Onze pessoas sentadas assistindo a ele comer até bem depois de já termos pagado a conta.

    O comportamento dele era, no máximo, um pouquinho irritante, mas achei enlouquecedor por causa da minha atração por Laura. Havia um motivo pelo qual eu tinha mandado uma mensagem para ela pela internet, afinal. Quando um cara gosta de uma garota, mesmo uma com quem ele sabe que não pode sair, ele vai odiar os namorados dela por motivos totalmente irracionais. Além disso, comer devagar fazia com que o namorado de Laura ficasse muito deslocado. *Esta bela mulher merece alguém que coma em uma velocidade normal. Como ela fica com este MONSTRO?*

    Eu tinha achado Laura atraente desde a primeira vez que a encontrei na faculdade, ao visitar Maria no porão da escola de cinema onde elas estavam editando um projeto juntas. As duas estavam amontoadas sobre a máquina de edição em um quarto escuro; quando acenderam as luzes na minha chegada, fiquei chocado com a beleza de Laura. Meu queixo não caiu como um desenho animado nem nada disso, mas eu a notei.

Na época, eu estava feliz com Maria, então Laura nunca foi mais do que uma conhecida na faculdade, mas o rosto dela estava gravado na minha memória. Quando me tornei amigo de Evan em Los Angeles e descobri que ele tinha namorado Laura (a Espanhola Gatinha) na faculdade, fiquei maravilhado. Era como se ele tivesse namorado uma celebridade. (Já eu não era tão memorável... Na primeira vez em que Laura e eu nos reencontramos, em LA, ela me confundiu com meu colega de quarto da faculdade.)

Tantos anos depois, Laura continuava bonita o bastante para ser difícil focar nos meus ovos pochê e bacon defumado com madeira de macieiras. Suas feições eram nitidamente mediterrâneas, pele cor de oliva, olhos escuros e corpo voluptuoso. E, sim, belas clavículas. Eu não sabia se era uma característica hispânica ou não, mas as dela eram fantásticas.

Quanto mais falávamos sobre nossos relacionamentos fracassados, mais eu achava que estávamos atrás das mesmas coisas: um parceiro estável, que nos mostraria a mesma lealdade e amor que oferecíamos.

Um pensamento pulou na minha cabeça: *Eu gostaria de sair com Laura.*

Logo desconsiderei o impulso. Não só ela era a ex de Evan como também era uma das melhores amigas dele, o que a tornava carta fora do baralho. Eu tinha aprendido a lição com a amiga de Kurt, Amber, a pediatra — nada de sair com amigas de amigos (Kurt ainda não podia me levar a certos eventos).

Então, embora uma mulher que eu suspeitava ser perfeita para mim estivesse sentada do outro lado da mesa, pelo bem da minha amizade com Evan removi o pensamento. *Eu gostaria de sair com Laura* se tornou *Eu gostaria de sair com alguém COMO Laura.* Porque o mundo está repleto de belas mulheres hispânicas que têm carreiras de sucesso, ótimo senso de humor e sorriso lindo. Provavelmente eu daria de cara com uma na saída do restaurante.

26.

A virgem acidental renascida

— Eu estive em apenas um encontro nos últimos seis anos.

Congelei, com um bolinho *dim sum* empoleirado em meus pauzinhos. Cassidy deu um golinho na sua cerveja Sapporo. Nosso segundo encontro consistia no papo convencional de saber mais sobre o outro até essa revelação.

Tínhamos nos conhecido algumas semanas antes, durante o intervalo de uma apresentação minha. Tinha jurado que não sairia com outra *"groupie"*, mas essa regra veio com a cláusula sempre presente e invisível *(a não ser que ela seja gostosa)*. Cassidy era alguns anos mais velha que eu, quase quarenta, mas tinha o rosto e corpo tonificado de uma mulher mais jovem, sem dúvida graças às curas tradicionais de Los Angeles para o envelhecimento — ioga, sucos e banquetes de placenta de lobos.

Nosso primeiro encontro tinha corrido bem e o segundo estava indo tão bem quanto, até sua revelação sobre estar solteira, mas nem um pouco pronta para sair de novo pelos últimos seis anos. Alguns segundos após o anúncio, eu ainda segurava os pauzinhos na minha frente, pensando em como responder. Uma gota de molho de soja deslizou pelo bolinho e caiu sobre a mesa.

— Eu não planejei isso — ela continuou. — Tive um término ruim e dei um tempo de namorar. A pausa curta logo se estendeu e virou seis anos. Eu trabalho em casa e sou um pouco tímida, então não encontrava ninguém. Até conhecer você.

Eu deveria ter seguido para perguntas normais de segundo encontro, como perguntar se ela gostava de viajar ou quais eram seus filmes favoritos, mas não consegui refrear minha curiosidade.

— Então, isso significa que você não faz sexo há seis anos?

A tonalidade que suas bochechas ganharam respondeu à pergunta antes que ela falasse:

— Sim.

— Uau! — Foi tudo o que pude dizer.

— Eu não sou virgem nem nada do tipo — ela disse. — Na verdade, gosto bastante de sexo.

— Bem, isso é bom. Eu também gosto.

Nós dois sorrimos quando percebemos que essa conversa não era mais uma genérica sobre sexo, mas sobre a possibilidade de nossa cópula. Deixei o tópico morrer, finalmente comendo o bolinho que balançava na minha frente.

No fim da noite, enquanto esperávamos o carro dela ser entregue pelo *valet*, me inclinei com a intenção de um beijo rápido e introdutório. Ela tinha outra ideia: me envolveu com seus braços e se pressionou contra mim. Eu podia sentir o calor de seu corpo através de seu vestido fino enquanto consegui o tipo de beijo que se poderia esperar de uma mulher que esperou seis anos para beijar alguém. Nos beijamos por muitos minutos e poderia ter continuado por horas se o *valet* não tivesse chegado com o carro. Ela pulou para o lado do motorista e acenou alegremente ao partir.

— Acho que ela gosta de você — o *valet* disse enquanto pegava o meu ticket.

Para o nosso terceiro encontro, convidei Cassidy para um jantar em minha casa. Normalmente, isso significaria sexo, porém, diante do histórico de Cassidy, eu não sabia o que iria acontecer. Não era a primeira vez dela, mas era a primeira vez depois de muitos anos, então ela poderia querer um pouco mais de tempo antes da nossa primeira vez. E, se ela *queria* transar, será que eu estava pronto para lidar com a pressão? Eu não estaria representando apenas a mim mesmo, mas o sexo no geral, como se fosse um Embaixador da ONU das Relações Sexuais. E se nos últimos seis anos ela tivesse construído uma noção de sexo como um fenômeno extraordinário que eu não poderia corresponder? Eu não queria que nossa sessão terminasse com ela dizendo "Bem, não preciso disso de novo por mais meia década".

Durante o jantar, a tensão sexual entre nós agiu como um adesivo e manteve as nossas palavras grudadas dentro da boca. Terminada a refeição silenciosa, fomos até o sofá e começamos a nos beijar. Depois de poucos minutos, ela disse:
— Eu quero transar.
— Tem certeza?
— Já faz seis anos. Tenho MUITA certeza.

Eu a levei para o quarto e tudo ocorreu normalmente. Ela se lembrou como se fazia e pareceu ter gostado, embora não acho que ela teve um orgasmo. Procurei ser cavalheiro e me ofereci para ajudá-la a chegar lá por meios que não a penetração.
— Não deixo os caras fazerem isso — ela falou, em referência ao sexo oral. — Não tem problema que eu não tenha tido um orgasmo. Na verdade, nunca tive um orgasmo com outra pessoa.

— Mas você já teve algum orgasmo?
— Sim, já tive. Quero dizer, quando estou sozinha, quando eu... — Ela não conseguiu se fazer dizer *masturbar*. — Podemos parar de falar disso?

Assenti com a cabeça e nós dois nos deitamos em nossos travesseiros. Eu me senti mal por ter sido tão atirado. Conversar francamente a respeito do sexo é importante, mas dada a recente falta de experiência de Cassidy, eu provavelmente tinha sido muito direto e explícito. Uma coisa é fazer perguntas, outra é uma conversa pós-coito entrar numa dinâmica paciente-ginecologista. *Sem orgasmos, é? Vamos até a mesa de exames para dar uma olhada.*

Depois de poucos minutos de silêncio, ela se apoiou nos cotovelos e me encarou.

— Ninguém nunca me perguntou a respeito dessas coisas antes — ela disse. — Obrigado por se preocupar e se importar.

— De nada.

———

Enquanto comia ovos beneditinos, contei aos rapazes a respeito do meu encontro com A Virgem Acidental Renascida.

— Parece que foi uma boa experiência para vocês dois — Kurt comentou.

— Sim, foi muito bom. Pareceu que eu lidei com a situação com maturidade e classe. Tive orgulho de recebê-la de volta ao mundo da atividade sexual.

A experiência me mostrou o quão confortável eu tinha ficado com o sexo durante o último ano. No passado, fazer sexo era como observar um animal na natureza: aprecie sua beleza, mas fique quieto para não espantá-lo. Agora, não só era capaz de ter conversas sobre sexo como também conseguia fazer outras pessoas falarem sobre o assunto. Era gratificante que eu tivesse ajudado Cassidy a sentir que o prazer dela era importante e digno de discussão.

— Na noite passada, Evan veio na minha casa. Vimos TV e comemos biscoitos cobertos com iogurte — Kurt disse. — Foi a primeira vez de Evan. Eu senti orgulho de recebê-lo no mundo dos biscoitos com iogurte.

— Ele fez isso com maturidade e classe. Eu me senti tão seguro — Evan zoou.

Eles estavam falando aquilo para me encher, como amigos fazem. Eu tinha transado com uma mulher, não ido à África para alimentar os pobres. Eu teria que tirar Filantropia Sexual do meu currículo quando voltasse para casa.

———

Cassidy não queria que se passassem mais seis anos antes de transar de novo. Nosso próximo encontro aconteceu pouco depois, organizado por meio de uma série de mensagens sugestivas. Naquela noite, durante o jantar, ela me agradeceu por eu não a ter tratado como "mercadoria avariada" porque não saía havia um tempo. Enquanto conversávamos, ela estava cheia daquela emoção de início de relacionamento. Eu não conseguia me equiparar ao entusiasmo dela. Minha mente estava em outro lugar. Eu estava pensando em Laura.

Ela estava aparecendo mais vezes com Evan desde que tinha ficado solteira, e a cada interação meu interesse se fortalecia. Embora minha mente continuasse resoluta em não sair com ela, meu corpo estava amotinado. Ver Laura chegar a uma festa ou ouvir que ela iria se juntar a nós para uma bebida fazia meu coração pular. Conversas simples sobre a TV ou o trânsito faziam meu estômago gelar. Eu ficava nervoso sempre que estava perto de Lau. (Tinha aprendido que ela preferia ser chamada pelo apelido.) Eu tinha entradas para um show naquela semana e deveria chamar Cassidy para ir comigo, mas não queria levá-la. Queria ir com Lau, de forma que pudéssemos ter algum tempo a sós, de forma que eu pudesse constatar que meu interesse era genuíno.

Eu não podia simplesmente chamar Lau, senão isso seria um encontro, então montei um plano. Eu chamaria primeiro Evan e Kurt e, como não eram fãs muito empolgados de shows de música, eles provavelmente diriam não. Eu então poderia convidar Lau como um plano "de contingência", e por isso não seria um encontro; só seria eu tentando fazer uso de um ingresso extra no último minuto. Meu plano funcionou e Lau concordou em ir comigo.

Era um show acústico "secreto", e, porque coisas descoladas sempre tinham de ser desconfortáveis, estávamos sentados em um tapete sujo em uma garagem convertida. Normalmente, eu teria medo de uma instalação tão abarrotada, mas amei sentar lado a lado com Lau, enquanto compartilhávamos uma enorme caneca de cerveja. Quando os nossos joelhos ou cotovelos se batiam, eu podia sentir o seu toque na minha pele por alguns segundos, desaparecendo lentamente como um bip na tela de um radar.

Depois do show, ficamos mais um tempo esperando nossos carros, na tentativa de estender a noite. Estar perto de Lau era ao mesmo tempo confortável e excitante. Eu não tinha sentido essa eletricidade com Ella ou Cassidy. Era um primeiro encontro perfeito. Exceto pelo fato de que não era um encontro.

A noite acabou com um abraço amigável e eu voltei para casa sozinho, mas ficou claro para mim que eu não queria sair com ninguém *como* Lau. Eu queria sair com a própria Lau. Não casualmente ou apenas pelo sexo. Queria namorar ela de verdade, estar em um relacionamento com ela. Eu não sabia se o sentimento era mútuo, mas queria descobrir, o que significava terminar com Cassidy.

Em busca de me desvencilhar dela com mais facilidade, menti ao contar a Cassidy que não procurava por nada sério. Como eu suspeitava, ela estava interessada em um relacionamento. Concordamos em seguir caminhos diferentes, mas uma semana depois recebi um e-mail. Ela tinha mudado de ideia. Cassidy disse que tinha curtido a nossa química sexual e pensou que talvez era chegada a hora de mudar o jeito como ela saía com alguém. Um relacionamento casual e sexual comigo a interessava e ela citou alguns detalhes bem excitantes sobre o que isso implicaria.

O e-mail foi uma prova tangível das minhas proezas sexuais, o tipo exato de validação que eu queria quando comecei a minha experiência de namoro casual. Entretanto, apesar de ser um dos e-mails mais elogiosos que já recebi, não aceitei a oferta de Cassidy. Embora não estivesse saindo com Lau, não queria transar com ninguém além dela. E assim fiz algo que não poderia ter imaginado fazer um ano e meio antes: recusei sexo. E fiz isso por uma mulher que talvez sequer gostasse de mim.

Descobrir se Lau estava interessada em mim seria complicado. Evan ficaria compreensivelmente sensível por dois de seus amigos estarem saindo. Poderia arruinar nossa amizade. O *brunch* dos manos parecia uma instituição, algo que seria eterno, como imposto de renda ou Tom Cruise, mas isso poderia levá-lo a um fim se não fosse bem tratado.

27.

Encontros casuais: o que é isso?

Quando levei Lau ao concerto, Evan fez alguns comentários sarcásticos, coisas como *Tem carteirinha de associado para o Clube de Show dos Melhores Amigos* ou *Quando Lau vai tomar meu lugar oficialmente no* brunch *dos manos?* Certa noite, enquanto estávamos assistindo a uma partida de basquete na minha casa, Evan me perguntou sobre a questão diretamente. Ou tão diretamente quanto lhe era possível.

— Era de se esperar que, sei lá, se dois dos meus amigos estivessem saindo, eles me contariam.

— Você está falando de mim e Lau?

— Bem, estou falando de qualquer um dos meus amigos, mas, sim, isso inclui você e Lau. Obviamente, não sou dono de nenhum de vocês, e vocês podem fazer o que quiserem, mas espero que não me escondam nada.

Os sentimentos dele eram totalmente naturais — não queria dois amigos próximos fazendo as coisas pelas costas dele. Então contei que tinha uma queda por Lau, mas nada tinha acontecido e eu não sabia se algum dia poderia acontecer algo. Prometi mantê-lo informado conforme as coisas progredissem. Ele me agradeceu e relaxou um pouco, embora desse para sentir que essa não seria nossa última conversa sobre o assunto. Ironicamente, a preocupação de Evan a respeito de nós nos gostarmos levou à confirmação do fato. Na manhã seguinte, recebi um e-mail de Lau:

Evan me contou que vocês conversaram. Talvez eu não devesse ter contado a ele que tenho uma queda por você. Para ser sincera, fico contente que isso me tenha feito sair um pouco do poço de lamúria em relação ao meu ex e me tenha lembrado que há muitas pessoas legais por aí. Por favor, não fique estranho comigo. Podemos ser amigos. Posso manter meu interesse sob controle. Você não vai nem notar. Amigos?

Respondi, agradecendo a ela por ser honesta e confirmando meu interesse nela. Concordamos em continuar amigos, pelo menos por enquanto. Mas é difícil para as pessoas agirem normalmente quando sabem que gostam um do outro. No meu esforço de fazer parecer que eu não gostava dela, agi quase como um menino do ensino fundamental a quem perguntaram se tem uma namorada. *NÃOOO! EU NÃO GOSTO DE NINGUÉM. CALA A BOCA! GAROTAS SÃO NOJENTAS!*

Por exemplo, em um dia quente, Evan e eu fomos até o condomínio de Lau para usar a piscina. Pouco depois de chegar, pedi a Evan para aplicar o protetor solar nas minhas costas.

— Uh, tenho certeza de que Lau pode fazer isso para você — Evan disse.

Há uma regra escrita no mundo dos caras a respeito de pedir para passar protetor solar. Primeiro, você pede para uma mulher. Se não tem nenhuma disponível, você passa o creme em uma árvore e esfrega as costas lá. Se essas duas coisas falharem, você pode pedir pra um amigo. Na tentativa de agir "normalmente", acabei indo longe demais no outro sentido.

Lau e eu gastamos dois meses trocando longos e-mails nos quais discutimos como nos sentíamos em relação um ao outro. Dois meses de desejo, mas evitando o contato visual na mesa durante jantares em grupo. Dois meses de abraços que duravam um pouquinho mais do que com qualquer outra pessoa. A única coisa que chegou perto de uma conversa romântica aconteceu certa noite em um bar quando Lau disse espontaneamente:

— Não saio casualmente.

— Não precisa ser casual — protestei. — Eu consigo sair para namorar.

— Sei — ela disse, com os lábios franzidos e sobrancelhas levantadas. Ela tinha ouvido todas as minhas histórias de namoros pelo Evan e estava cética, não sem razão.

Nos nossos dois meses como "amigos", ficou claro que isso era mais do que atração simples ou uma quedinha que logo iria passar. Havia uma possibilidade de algo especial entre nós, o que significava que era chegada a hora de outra discussão com Evan. Não para eu poder pedir "permissão" (nós não éramos lordes medievais ou irmãos de fraternidade), mas para me certificar de que não afetaria nossa amizade.

— Então, há quanto tempo você e Lau terminaram? — perguntei.

De novo estávamos vendo basquete na minha casa.

— Nove anos.

Eu não sabia que fazia TANTO TEMPO. Quando Evan e Lau terminaram, YouTube, Twitter, iPhone e Facebook ainda não existiam. Basicamente, eles terminaram antes de a história do mundo começar.

— Nove anos é bastante tempo, né? — observei.

— Nunca me incomodou a ideia de você sair com Lau por ela ser minha ex. Não penso mais nela desse jeito — Evan explicou. — Fiquei incomodado porque vi você sair consecutivamente com várias garotas e não queria que você acrescentasse Lau à lista.

— Então você apenas não queria que uma boa amiga se magoasse?

— Bem, eu estava pensando mais em quão estranho seria para mim se não desse certo. Mas, sim, isso aí também.

Evan estava sendo modesto, mas seu esforço para proteger os amigos e as amizades era tocante. Eu tinha me preocupado com o fato de ele ser um ex-ciumento, mas ficara claro que era mais um irmão mais velho protetor.

— Gosto de verdade de Lau e quero tentar seriamente — afirmei. —Você concordaria com isso?

— Contanto que me prometa que vocês nunca vão terminar, sim, estou totalmente de acordo.

— Farei o meu melhor.

— Falando sério — Evan disse —, não tenho problema com isso. Sei que tenho sido estranho a respeito dessa coisa toda, mas acho que vocês ficariam bem juntos. E também acho que você está pronto para um novo relacionamento.

Eu queria a bênção dele em relação à Lau, mas sua declaração sobre eu estar pronto como um todo tinha a mesma importância.

———

Eu estava indo acampar com um grupo em um fim de semana prolongado. Lau e eu concordamos que seria bom passarmos um tempo juntos antes de sair numa viagem no meio da floresta para beber bastante uísque, mas o único dia que deu certo foi sexta-feira, na noite logo antes de partirmos. O que levou à seguinte mensagem de texto de Lau:

Então, acho que temos que transformar esse encontro em uma festa do pijama. Eu normalmente NUNCA faço isso no primeiro encontro, mas vamos nos encontrar na sua casa no sábado de manhã para ir para o acampamento, e eu moro longe, então faz sentido. Mas não se sinta pressionado para transar.

Depois de incontáveis encontros, achei que tinha superado o nervosismo, porém mal consegui comer naquele dia. Saber que era algo certo — Lau iria dormir na minha casa, afinal — não acalmou a minha ansiedade, porque isso não era mais a respeito de ser bem-sucedido ou falhar, transar ou não transar. Era sobre enfim testar uma conexão que eu queria desesperadamente que fosse verdadeira.

A chegada de Lau não foi romântica. Depois de ter sobrevivido a noventa minutos no trânsito da hora do rush, ela passou por mim para ir ao banheiro, jogando duas malas grandes de equipamento de camping no meio do caminho. Eu me sentei no sofá e sequei o suor das palmas das minhas mãos nas pernas. Quando ela voltou, eu me levantei.

— Onde vamos jantar? — ela perguntou.

Dei alguns passos em direção a Lau e senti o cheiro do perfume dela, doce e floral.

— Pode ser comida mexicana?

Mais um passo. Aqueles olhos grandes, aquele sorriso aberto.

— Eu amo comida mexicana.

Eu estava bem diante dela naquele instante.

— Ótimo. Há um lugarzinho ótimo aqui perto.

Puxei Lau para perto de mim e a beijei.

CORTA PARA:

SALA DE ESTAR — NOITE

Conforme Matteson e Lau se beijam, damos um ZOOM no espaço microscópico entre os lábios deles e vemos:

UMA FAÍSCA.

Ela é pequena, imperceptível ao olho nu, visível apenas no nível nuclear.

A câmera retrocede com rapidez, para longe do casal, para fora da janela, para o céu e, finalmente, para fora do planeta.

Vemos o sistema solar, mas algo estranho acontece: a Terra não orbita mais o Sol. Em vez disso, o Sol orbita a Terra, bem como os outros planetas. No fundo, as estrelas da Via Láctea também circulam, obedientes. Matteson e Laura estão no centro de tudo por uma fração de segundo.

De volta para o movimento, ZOOM em um ritmo incrível, através do sistema solar, em direção à Terra e de volta para o apartamento, bem a tempo de ver o beijo terminar.

Os dois se separam, sorriem um para o outro e então saem do apartamento, saem para fazer o que se deve sempre fazer depois de um superevento galáctico: comer tacos.

FIM DA CENA

(Ou pelo menos meio que pareceu ter sido assim.)

Depois de todo um livro contando a você muito (MESMO) da minha vida sexual, não vou contar o que aconteceu com Lau naquela noite. Quero guardar aqueles detalhes para mim. Só vou dizer que, apesar da mensagem, ela me pressionou para transarmos (eu a perdoo) e foi melhor do que qualquer outro sexo que fiz na vida.

Na manhã seguinte, fomos acampar com nossos amigos e passamos o fim de semana caminhando, nadando, cozinhando, assando marshmallows e bebendo em volta da fogueira. Lau e eu dividimos uma tenda e trocamos carícias dentro do saco de dormir. Tanto Evan quanto Kurt estavam lá, mas não foi nem um pouco estranho. Evan foi embora um dia antes, mas não teve nada a ver comigo ou Lau; ele só queria ir cagar em casa.

Depois de evitar compromisso por tanto tempo, naquele fim de semana, eu disse a Lau que queria ficar só com ela, e viramos um casal antes mesmo do fim do que tecnicamente ainda era o nosso primeiro encontro. E não parou por aí: em duas semanas, eu disse a ela que a amava e desta vez não havia dúvida de que queria dizer isso. Eu não estava me apaixonando, ou talvez apaixonado, ou ainda tentando me apaixonar... Eu tinha o pacote completo, eu estava pirado, totalmente apaixonado, sem nenhuma dúvida. E ela se sentia da mesma forma.

Minha conexão mental com Ella parecia como uma melhoria em relação à paixão, mas só cabeça era tão falho quanto só coração. Não dá para se convencer a gostar de alguém, não importava o quanto você concorde com a pessoa a respeito de séries de TV. Com Lau, eu finalmente tinha as duas partes da equação. Minha atração por ela fazia os produtos químicos da paixão bombearem no meu cérebro, mas a nossa longa história assegurava que havia uma base da amizade sob esses sentimentos.

E, sim, ela se adequava a todos os itens da minha preciosa Lista.

- **Ela precisava ser bem resolvida** — Ela era vice-presidente da empresa em que trabalhava.
- **Manutenção fácil** — Viajar para um lugar que não tinha banheiros por três dias no seu primeiro encontro era um bom jeito de verificar isso.
- **Ela tem amigos e outros relacionamentos importantes há muito tempo** — Claro, Evan. Ela era quase boa DEMAIS neste tópico.
- **Gostar E Amar** — Eu gostava dela antes de amá-la.
- **Eu precisava respeitar de verdade a minha parceira** — Ela era uma das pessoas mais impressionantes e inteligentes que eu conhecia.

Depois de meses calculando cada movimento e racionalizando minhas emoções, tudo com Lau era fácil e natural. Não havia nada de Planejar os Pontos, não havia preocupações a respeito do que tudo significava, sem nervosismo a respeito da Conversa, sem bancar o despreocupado. Eu contei a Laura exatamente o quanto eu gostava dela e a via com a maior frequência possível. Eu já tinha me apaixonado antes, mas juntar minha vida com alguém nunca fora tão fácil. Entretanto, depois de um mês do nosso relacionamento, um pequeno problema apareceu: Lau seria deportada do país.

Um advogado da empresa de Lau tinha preenchido errado um detalhe na papelada do Green Card e o privilégio tinha sido negado a ela por causa de uma tecnicidade. Embora morasse nos Estados Unidos havia mais de quinze anos e o erro burocrático fosse explicável, o governo não se importava. Lau tinha voltado a pedir a cidadania por um método diferente, mas havia uma pegadinha: ela não poderia permanecer no país enquanto sua nova solicitação estivesse sob análise. Ela tinha noventa dias para partir.

Eu tinha superado meu coração partido, navegado pelo mundo do encontro casual, conseguido me salvar de ser o Cretino Safado, tinha começado a namorar a ex de um amigo com uma diplomacia no nível de embaixador e tinha me apaixonado por uma bela mulher. Eu tinha conseguido superar tudo isso, mas o universo dizia tipo *Qual é, mortal idiota, dá um tempo com esses seus planos. Sabe quem mais fazia planos? Os dinossauros.*

Apesar de estarmos saindo havia pouco tempo, Lau e eu não consideramos terminar. Em vez disso, eu faria uma longa visita à Espanha enquanto Lau esperava pela papelada dela. Eu estava procurando por uma boa desculpa para sair do meu emprego e ali estava: eu iria viver alguns meses em Barcelona, iria escrever e poderia conhecer a família dela. Se tudo desse certo, durante meu tempo lá, ela conseguiria o Green Card e voltaríamos juntos para casa.

Eu estava animado com este plano — quem não gostaria de viver em Barcelona por três meses? —, mas também ansioso. O processo do Green Card poderia levar alguns meses ou alguns anos, e, quando se trata do governo federal, é inteligente apostar em "mais". Outra negativa também era possível. O advogado de Lau estava confiante no caso dela, mas não havia garantias.

Aproveitamos o verão, mas a iminente partida de Lau se aproximava. Por sorte, tínhamos um grande evento logo mais para nos distrair: iríamos juntos ao Burning Man algumas semanas antes da data em que ela partiria.

Burning Man pode ser difícil para alguns casais por causa das festas intensas e da sexualidade, mas foi uma semana maravilhosa para nós. Um momento em particular me mostrou o quão apaixonado eu estava por Lau. Estávamos de volta à nossa barraca depois de uma noite explorando a Playa e eu me sentia afortunado por poder compartilhar a experiência com alguém que amava.

— Estou tão feliz que você está aqui comigo — eu disse.

— Eu também — ela respondeu.

— Eu amo... BUAÁÁÁÁÁÁ.

Não consegui terminar meu pensamento porque caí no choro. Não algumas lágrimas, não um chorinho de leve, mas um pranto TOTAL. Meu corpo tremia, ranho escorria do meu nariz e meus músculos abdominais começaram a doer muito. Não sou um cara muito chorão — eu tinha saído de todos os filmes da Pixar com as bochechas secas —, mas não conseguia parar.

— O que foi? — Lau perguntou.

Não consegui responder, não consegui fazer nada além de chorar. Lau me puxou para perto e me confortou até que eu finalmente parasse, dez minutos depois.

— Desculpe por isso — pedi ao limpar os olhos. — Não sei o que aconteceu, eu só queria dizer que eu realmente amo... BUAÁÁÁÁÁÁ...

E chorei de novo, tão forte quanto da primeira vez. Disse a Lau que a amava centenas de vezes antes, mas agora eu mal conseguia chegar à metade da declaração sem entrar num colapso total. Eu sentia em sua totalidade o que estava tentando dizer e era um curto-circuito no meu sistema emocional. (Isso pode ou não ter acontecido na Segunda-feira Ácida.) Por sorte, Lau ficou tocada em vez de incomodada.

No último dia da semana, enquanto eu assistia ao fogo consumir o Templo, uma tristeza profunda se abateu sobre mim. As chamas sinalizavam não só o fim do Burning Man, mas também a partida de Lau. Conforme eu observava o fogo, uma ideia apareceu na minha cabeça: *Eu deveria me casar com Laura.*

Embora não fosse um opositor do casamento, eu era cínico a respeito da instituição, graças ao divórcio dos meus pais. A fim de evitar o destino deles, tinha decidido ainda jovem que não iria me casar até depois dos trinta (confere) e só depois de muitos anos de namoro e convivência com minha futura esposa. Antes de me casar, queria ter feito um monte de pesquisas e visto todas as minhas opções. Basicamente, queria tratar o casamento como uma impressora que se compra pela internet.

Entretanto, com apenas três meses de relacionamento, a ideia de casar com Lau não me assustava nem parecia idiota. Não era só que eu não queria que ela partisse em poucas semanas; eu não queria que ela partisse nunca mais. Queria que Lau fosse minha esposa. Percebi que tinha rejeitado o casamento, não porque não acreditasse nele, mas porque queria muito fazer direito. No fundo de cada cínico, há alguém que acredita de verdade.

Contemplei a ideia de cair de joelhos e a pedir em casamento ali mesmo, mas não fiz isso, porque, apesar de o casamento parecer uma boa ideia, MUITAS coisas parecem uma boa ideia durante o Burning Man. Um dia antes, eu tinha pensado que um *food truck* para cães chamado Puppy Ciao seria um empreendimento de sucesso. Um ano antes, eu quase pedi para um homem se casar comigo, apesar de eu não ser homossexual. Sim, casamento parecia uma boa ideia, mas, como regra geral, uma pessoa não deveria tomar uma decisão para a vida toda na mesma semana em que tomou ácido duas vezes.

Eu deveria me casar com Laura.

O pensamento ainda ecoava na minha cabeça no dia seguinte enquanto dirigíamos de volta a Los Angeles.

Eu deveria me casar com Laura.

Ficou comigo na semana seguinte, persistindo por muito tempo depois de eu ter me reidratado e descansado, para além do momento em que qualquer droga poderia ainda estar no meu corpo.

Eu deveria me casar com Laura.

Depois de duas semanas, não resisti mais à ideia. Eu iria pedir para ela ser a minha esposa.

Ela partiria em seis dias, então não havia tempo para elaborar uma proposta ou mesmo para adquirir um anel de noivado. Na noite em que decidi, Lau foi até o meu apartamento para jantarmos. Eu queria falar do casamento de uma forma romântica, mas no meio do processo de cozinhar não consegui mais esperar, então peguei a panela de arroz que estava mexendo e a tirei do fogão, sequei minha mão em uma toalha e disse:

— E se nós nos casarmos?

Lau não gritou *Oh, meu Deus, sim,* nem pulou ou começou a chorar. Ela permaneceu na sua cadeira, com uma reação ponderada.

— Quero dizer, já falamos um pouco sobre isso no passado — ela disse —, mas não queríamos que a situação da imigração conduzisse a decisão. Por que você está pensando diferentemente agora?

— Se o seu Green Card for negado em seis meses, nos casamos em seis meses. Por que não casarmos agora e pouparmos a ambos o dinheiro e a dor de cabeça de ficarmos separados?

Lau manteve os braços cruzados.

— Eu não quero que você se case comigo como um favor ou porque é conveniente. Tive namorados que sugeriram isso no passado e eu nunca quis fazer desse jeito.

Eu não esperava que teria de convencer Lau a se casar comigo e ficar no país.

— É verdade que, se não fosse pelos fatores externos, eu provavelmente não estaria fazendo essa proposta tão cedo. Mas isso não quer dizer que seja um "favor". Nós nos casarmos parece ser uma questão de "quando", não de "se". Passei as últimas duas semanas tentando me convencer de que é idiota se casar com alguém com quem só estou junto há quatro meses, mas não consegui, porque isso parece ser a coisa certa a fazer. Sei que é um pouco louco, mas não ligo. Encontrei a mulher com quem quero me casar. Não tenho dúvidas quanto a você, quanto a nós ou a nos casarmos.

Lau enfim deixou cair a máscara. A boca dela se arregalou em um sorriso quando saltou de sua cadeira e me agarrou em um abraço.

— Eu também não tenho nenhuma dúvida — ela disse. — Eu te amo tanto.

— Então vamos fazer isso? Vamos nos casar?

— Sim!

Nós nos abraçamos, choramos e ligamos para as nossas famílias (que ficaram surpresas). Depois que as coisas se assentaram um pouco, eu me desculpei pela proposta informal. Não só faltavam os acompanhamentos tradicionais — flores, um anel, joelhos dobrados — como eu estava no meio da preparação do jantar. Tem um motivo pelo qual o arroz Uncle Ben's nunca aparece em contos de fada.

— Desculpe por não ter sido mais romântico — falei.

— Foi perfeito — ela respondeu. — Propor isso para mim tão cedo deve ter sido um pouco assustador, mas você fez de qualquer maneira porque você me ama e acredita em nós. Não há nada mais romântico do que isso.

Neste livro, passei muito tempo explicando como as coisas não funcionam exatamente como nos filmes, mas, quer saber? Às vezes, elas acontecem como no cinema.

28.

O oposto de um longo noivado

Para solicitar o pedido de Green Card de Lau, precisávamos nos casar imediatamente, o que significava um casamento formal no cartório, exatamente como aquele que meu meio-irmão tivera dois anos antes. Acho que eu estava pronto para admitir que o amor poderia ser algo real.

O casamento no cartório em Los Angeles tem um processo bem fácil: alguns poucos formulários simples, sem exames de sangue, com datas disponíveis em uma semana. E só custa 149,50 dólares. Era como um produto de vendas pela TV, bom demais para ser verdade. *Por este preço baixinho, baixinho, você ganha quinze minutos na capela do cartório, um juiz de paz certificado e nós daremos a você não uma, mas DUAS cópias autenticadas da certidão de casamento. Atendentes estão de prontidão para fazer com que seu amor seja eterno.*

Lau e eu tínhamos imaginado uma cerimônia pequena para legalizar tudo, seguido por um casamento "de verdade" mais ou menos um ano depois, mas todo mundo queria estar lá para as formalidades. A maioria dos nossos familiares conseguiria vir, os meus pegariam um avião do Colorado e os de Lau, da Espanha. Muitos amigos queriam ir e por isso ultrapassamos a capacidade de vinte pessoas da pequena capela, de forma que precisaríamos de um tipo de "recepção" informal. Nós não alugamos um salão de festas ou um espaço para eventos, ou sequer fizemos uma reserva em algum lugar. Em vez disso, falamos para todo mundo nos encontrar em um restaurante mexicano que tinha um ótimo pátio e um ótimo desconto de *happy hour* no guacamole. Depois de ter visto amigos perdendo um ano da vida e a maior parte de suas contas bancárias para planejar um casamento, recomendo fortemente a versão "Precisamos legalizar isso o mais rápido possível".

A princípio, nosso casamento não pareceu muito diferente de uma visita ao Detran, com filas cheias de gente praticando a encarada no vazio inspirada pela burocracia. Embora estivéssemos lá para santificar nosso amor, todas as outras pessoas estavam esperando para fazer pedidos de autorização para reforma da casa ou pagar multas de trânsito. Fomos atendidos por um funcionário impaciente que terminou a nossa interação com o slogan oficial dos órgãos do governo:

— Espere ali do lado que vamos chamar o seu nome.

O casamento que acontecia antes do nosso tinha acabado e a capela já estava esvaziando quando alguém chamou:

— Grupo do Perry? Vocês estão prontos? — Parecia que a mesa do restaurante tinha acabado de ser arrumada para nós.

Peguei a mão de Lau e entramos na capela, muito embora aquilo fosse uma "capela" apenas no nome. O lugar tinha um teto de telhas aparentes, luzes fluorescentes e um carpete que tinha provavelmente sobrevivido a mais casamentos do que deveria. Um pequeno arco de madeira coberto de flores roxas falsas servia como decoração, e, assim que entramos, música de órgão pré-gravada começou a tocar. Ou seja, tudo bem similar a um casamento da realeza.

Uma mulher pequenina, não mais do que um metro e meio de altura, esperava na parte da frente da sala com uma capa preta de juíza. Ela devia ter pelo menos oitenta anos de idade, e suas rugas, resultado de décadas sob o sol da Califórnia, eram escuras e numerosas.

— Vou casá-los hoje — ela disse, parecendo uma avó que recebe os netos para o Natal. — Não é maravilhoso?

O sorriso dela derreteu toda a frieza governamental que tínhamos recebido até aquele momento. Era mesmo maravilhoso! Olhei de relance para o grupo que se reunia atrás de nós. Era uma sala que só dava para ficar de pé, lotada com todas as pessoas que eu mais amava na vida. Nossos pais ficaram lado a lado na frente. Grant corria pela sala, agindo como nosso fotógrafo oficial, e Kurt ficou de pé, no fundo. Uma pessoa importante estava faltando, entretanto. Evan estava atrasado. E isso era mais do que um problema sentimental, pois era ele quem assinaria o certificado do casamento como nossa testemunha oficial. Nós havíamos lhe pedido para fazer as honras por causa de seu papel fundamental na formação do nosso relacionamento. Orgulhoso por ter saltado de empata-foda para testemunha do casamento, ele aceitou prontamente, mas agora outra pessoa teria de assinar. Era uma pena, mas, por 149,50 dólares, só tínhamos quinze minutos. Não podíamos esperar por ele.

— Um anel não tem começo e não tem fim — a juíza de paz começou. — Ele é infinito, assim como o amor entre vocês. É um símbolo do seu comprometimento com o relacionamento, um comprometimento que vai durar para SEMPRE.

Na palavra final, *sempre*, a juíza travou os olhos com os meus, implicando com a encarada que, apesar da estatura modesta da cerimônia, eu tinha que levar a sério os meus votos. Além de nos casar legalmente, a velhinha podia também estar lançando uma maldição cigana.

Conforme a juíza olhou dentro da minha alma, senti todo o peso do que estava fazendo. Eu estava com Lau havia apenas alguns meses, noivos por apenas duas semanas, mas isso não tornava menos real esta cerimônia ou o casamento. Íamos nos casar naquele dia e não havia maneira de saber se o nosso casamento seria uma bela história ou um desastre épico, se duraria décadas ou dias. Porém, a incerteza não me assustava.

Na minha vida, eu tinha tomado tantas decisões baseadas em medo — medo de ficar sozinho, de falar, de ser mala, de não pegar ninguém, de não servir para nada, de perder o controle. Mas esta escolha não era baseada em medo. Não ia me casar com Lau porque parecia que eu "deveria", porque ela ficaria brava se eu não casasse ou porque tinha medo de ficar sozinho. Eu ia me casar com Lau porque queria que ela fosse minha esposa, porque me sentia pronto e digno tanto dela quanto da instituição. Eu não sabia no que daria o nosso casamento, porque nenhum casamento tem garantias, mas eu sabia como iria começar: sem medo nem trepidações. E isso é o melhor que qualquer um pode esperar.

A juíza terminou o discurso e nós dois dissemos "sim". Tinham se passado onze anos desde que eu conhecera Lau, um ano e meio desde que trocamos mensagens pela internet, quatro meses desde que tínhamos começado a namorar, duas semanas desde que eu a tinha pedido em casamento, doze minutos desde que tínhamos entrado na capela/sala de conferências, e, com aquela palavra, éramos esposo e esposa. Era um romance que levara doze anos para acontecer.

O último passo era assinar o certificado.

— Quem vai ser a testemunha? — a juíza perguntou.

Nós começamos a acenar para nosso amigo Olivier, o reserva de Evan, mas, antes que ele se apresentasse, ouvimos um grito do fundo da sala.

— Eu sou a testemunha. A testemunha chegou!

Evan caminhou até a frente.

— Eu não perderia isso por nada — ele disse, como um herói de filme de ação que chega para salvar o dia na última hora.

Depois de quatro assinaturas e mais dois minutos, Lau e eu estávamos casados e a sala irrompeu em aplausos.

Epílogo

Bem, realmente tive sorte com o final feliz que eu tentei me convencer com tanto afinco de que não existia. Quero dizer, estávamos a um casamento no cartório de distância de nosso fim ser exatamente como o de uma comédia romântica. Porém, claro, casamentos não são o fim, apenas o começo.

———

Alguns meses depois do casamento, tivemos a entrevista do Green Card. Como nosso relacionamento era real, a entrevista foi uma mera formalidade, mas ainda era aterrorizante saber que nosso destino estava nas mãos de um funcionário do governo. Eu esperaria alguém de terno ou em um uniforme, mas a agente do nosso caso usava uma regatinha e um casaco do governo. Porque Lau estava no país havia quinze anos, o arquivo dela era assustadoramente espesso, com uns dez centímetros de altura sobre a mesa. Estávamos armados com dúzias de fotos do nosso tempo juntos, desde nossa viagem de acampamento até nosso casamento, junto com uma impressão da imagem do nosso status de "casados" no Facebook. Se havia alguma dúvida, isso encerraria a discussão — as pessoas até podiam morar juntas para fingir que estavam casadas, mas quem mentiria no Facebook?

As perguntas começaram simples — como tínhamos nos conhecido, onde tínhamos ido no nosso primeiro encontro, como tinha sido nosso casamento —, mas logo ficaram íntimas. A agente se inclinou na cadeira e olhou para mim.

— Então como você soube que Laura era sua alma gêmea?

Essa não parecia ser uma pergunta que um funcionário do governo perguntaria, e sim algo que a Oprah diria a um convidado. Se pelo menos eu tivesse terminado de escrever este livro na época... *Leia isto e você verá a jornada emocional e espiritual que me levou a me apaixonar por Lau.* É tipo Comer, Rezar, Amar, mas escrito por um cara. *Por favor, faça uma resenha positiva na Amazon se você gostar!*

Tentei resumir meus sentimentos por Lau, mas é difícil fazer isso sem soar como um atleta idiota que está dando uma entrevista logo depois do jogo. Você acaba dizendo coisas como "incrível", "difícil de descrever" e "apenas soube". Percebi que esse material clichê não impressionou a agente, então cavei mais fundo.

— Acho que, além dos sentimentos convencionais de amor, eu sabia que Lau era minha alma gêmea porque já éramos amigos.

Lau apertou a minha mão quando eu disse isso. Não pra dizer *oh, isso é fofo*, mas do tipo *que diabos você está fazendo.* Quando você está tentando convencer uma agente de imigração de que não forjou um casamento como um favor a uma amiga, pode ser melhor não começar mencionando como vocês começaram como amigos. Mas eu tinha um ponto a provar, de modo que continuei.

— No passado, tive relacionamentos que pensei serem amor, mas com o tempo eles acabaram minguando e percebi que era apenas atração e paixão, em vez de uma ligação verdadeira. Porém, já conhecia bem Lau antes de namorarmos. Ela era uma amiga de quem eu gostava. Então, quando o sentimento romântico veio, foi uma combinação maravilhosa de amor romântico e amizade, que é a minha ideia do que deve ser a alma gêmea de alguém.

A agente me observou enquanto formulava a resposta dela. Droga... Será que ela estava acreditando em tudo isso? Será que eu tinha ferrado tudo de uma forma tão feia que tinha convencido a ela que meu casamento verdadeiro era um casamento forjado?

Por fim, ela falou:

— Entendi. Você precisa ter uma base sólida, porque as outras coisas acabam desaparecendo. Mmm-hmmm.

Ela assentiu de forma enfática, deixando claro que estava falando por experiência própria. Não éramos mais uma funcionária do governo e o objeto de investigação, mas na verdade duas melhores amigas papeando no salão de beleza. Dez minutos depois, Lau recebeu oficialmente o seu Green Card.

Enquanto escrevo isto, Lau e eu estamos casados e felizes por mais de dois anos. Bem rápido abandonamos a ideia de fazer outra festa de casamento; é difícil dedicar o tempo e o dinheiro necessários quando você já está casado. Em vez disso, para marcar nosso primeiro ato responsável como adultos casados, pedimos demissão dos nossos trabalhos e tiramos dois meses de lua de mel pela Europa e Ásia.

Em diversos momentos neste livro, já afirmei ter aprendido um monte de coisas, mas, se puder dar apenas uma dica, que seja esta: case-se com alguém de Barcelona. Passamos duas semanas da nossa viagem na cidade natal de Lau e foi totalmente a *escolha*. Pelo resto da minha vida, em vez de ir para, digamos, Albuquerque, para visitar parentes dela, terei de ir para Barcelona. Constantemente direi coisas como *Acabamos de voltar de um feriado agradável na Europa. Feriado é como chamamos nossas férias na Europa. Você simplesmente tem que ir conosco da próxima vez, amigão.* Será que meus amigos vão achar isso chato? Com certeza. Mas eu não me importo, porque terei amigos melhores e mais bronzeados em Barcelona.

Nós ainda nos encontramos com Kurt e Evan quase toda a semana para bebermos, jantarmos ou *brunch* (o *brunch* dos manos ganhou uma mina). Kurt continua solteiro e feliz, aberto a conhecer alguém, mas sem se preocupar com isso, e Evan continua livre de Joanna. Enquanto ele desbrava as águas do namoro pela internet, eu ajo como seu *consigliere*, mesmo quando ele não pede meus conselhos. (Cerca de 80 por cento dos meus conselhos não são solicitados.)

Grant se mudou para San Francisco. Ele se firmou com uma mulher maravilhosa depois de ter feito uma grande viagem. Ele passou pelo menos um ano viajando, fazendo de tudo, desde beber *ayahuasca* na América do Sul até escalar picos no Nepal. Ele agora é o Guia Espiritual de Drogas para o mundo, pois apresenta um *podcast* sobre psicodelias.

Brian vive em Toronto, então mantemos um relacionamento de longa distância. É difícil, mas vale a pena. (Lau é incrivelmente receptiva ao nosso relacionamento.)

Agradecimentos

Gostaria de agradecer às seguintes pessoas, pois, sem elas, este livro não seria possível:
Minha esposa, Laura, por ser meu final feliz.
Minha mãe, Krista, por sempre ter me protegido e apoiado.
Meu pai, Jim, por me inspirar a ser um escritor ao preencher minha infância com histórias e amor por livros.
Katelin, por fazer seu trabalho de irmã ao me castigar com lembretes de que eu não sou *tão legal*.
Sarah, Chris e Stephen pelo amor e pelo apoio.
Becky Sweren, minha agente na Kuhn Projects, por acreditar o bastante na minha escrita para assumir a tarefa gigantesca de vender um livro de um escritor de primeira viagem. E, o mais importante, por fazer o possível para que eu não me saísse como um babaca.
Meu editor, John Glynn, pelos bons conselhos que fizeram este livro melhor em cada turno e por entender e acreditar em mim e no material.
Todos na Kuhn Projects, por trabalharem tanto para assegurarem o sucesso deste livro.

Toda a equipe da Scribner, por me ajudar a terminar este produto final, do qual estou imensamente orgulhoso. É uma verdadeira emoção estar sob essa bandeira.

Paul Shirley, por ser um excelente colega de escrita em cafeterias. Tenho sorte de tê-lo como leitor e amigo.

Para Brad, Carnie, Charles, Craig, Cuyler, Galen, Jay, Jesse e muitos outros amigos próximos, que me ouviram contar a versão original dessas histórias incontáveis vezes.

Todos da DeMentha, pela inspiração e uma quantidade incomensurável de diversão.

Ingo, por se rebaixar para ler esta bobagem de amor americano e não me destruir completamente com sua opinião.

Jason Richman, por acreditar desde o início neste projeto e por ser um grande agente.

Daniel Jones, o editor da coluna "Modern Love", do *New York Times*, por selecionar meu artigo. Ter sido publicado na "Modern Love" foi o primeiro passo para que este livro existisse.

A organização The Moth, e Gary Buchler, Kerry Armstrong e Jenifer Hixson em particular. Muitos dos capítulos deste livro começaram como histórias que eu contei no palco da The Moth.

Finalmente, obrigado a todas as mulheres retratadas no livro. Espero que vocês não me odeiem.

Impressão e Acabamento:
INTERGRAF IND. GRÁFICA EIRELI